Kommissar Spürnase

Ein Hund ermittelt

Nick Stein

Nick Stein

IMPRESSUM
1. Edition, 2021
© 2021Nick Stein
Mörliehäuser Str. 5
37186 Moringen
www.nick-stein.com
Hrsg: K. Bodenstein

TWENTYSIX
Eine Marke der Books on Demand GmbH
Herstellung und Verlag:
BoD – Books on Demand, Norderstedt
ISBN: 9783740781927

Was sagt ein Hund, wenn er eine Leiche findet?

»Wow.«

Nick Stein

KAPITEL 1

FRISCHES AAS interessiert Menschen immer am meisten. Mein menschlicher Kollege Lukas kommt dann mit ein paar anderen in weiß gekleideten Leuten dorthin, läuft ein paarmal um das tote Fleisch herum und gibt Laut.

Dieses Vorgehen soll einer verstehen. Natürlich weiß ich, was sie bei einer Leiche bezwecken; sie wollen wissen, warum sie tot ist, und suchen nach Spuren und Hinweisen. Eine Kippe dort, ein Stück Metall hier. Und dann quatschen sie endlos darüber.

Einem Terrier wie mir ist das naturgemäß kein Geheimnis. Nase an den Boden, und nach einer Weile weiß ich alles. So geht Spurensicherung wirklich.

In diesem Fall war der Täter ein dicker und sehr hoher Mensch, der gern diese Glimmdinger in der Schnauze hatte, zu viel Schwein frisst und Mengen an vergorenem Getreide säuft. Sein letztes Fressen war vier Stunden her, es war diesmal Kalbfleisch mit einem Stück Schweinehintern und konzentriertem Milchfett gewesen, mit Kartoffeln und Erbsen. Der Mensch hatte dreißig Meter weiter an einen Zaun gepinkelt, es war alles frisch und viel zu süß.

Er nahm außerdem einige Chemikalien zu sich, deren Namen ich nicht kannte. Er schwitzte, wog einhundertdreißig Kilo, hatte Zucker im Urin und beginnenden Prostatakrebs.

Außerdem trug er ein beigefarbenes Kopffell, vor allem hinten und vorn unten am Schädel, Teile davon waren ausgefallen und lagen neben der Stelle, wo er hingepinkelt hatte. Womöglich hatte er sich das Fell gerauft, das machten sie manchmal. An den Füßen hatte er einen ungesunden Pilz wachsen, wie seine Spuren verrieten.

Ich hatte den Mann sogar schon mal getroffen, in einem dieser Häuser, wo sie dieses vergorene Zeugs trinken, mir aber etwas Richtiges gaben. Frisches Wasser.

Lukas bellte gerade einem Weibchen etwas zu, dem mit den roten Locken, das mich immer an eine Pudeldame erinnerte, die frisch vom Friseur kam.

Ich fragte mich, ob Lukas jemals verstehen würde, was ich ihm in ein paar Minuten über den Fall mitteilen konnte. Sie begreifen ja leider weniger von uns als wir von ihnen.

Am Aas selbst machten sich zwei Menschen zu schaffen, die sich in weiße Säcke gehüllt hatten und nach nichts rochen. Irgendetwas Sakrales, nehme ich an. In diesem Stadium durften nur sie das Aas und seine Sachen berühren und Dinge mit ihm anstellen. Die Schnauze aufklappen, die Augenlider anheben, die Vorderbeine bewegen, das Brandloch in der Brust begutachten. Erst wenn diese Priester fertig waren, durften die anderen Menschen ran.

Ich war mit meinen Ermittlungen fertig und sah den Leuten zu, wie sie ihre meist unnützen und dummen Untersuchungen durchführten, anstatt einfach mal in der Gegend herumzuschnüffeln, bevor die Spuren nachließen. Hoffnungslos.

Wie oft hatte ich Lukas schon gesagt, was er tun sollte! Aber er immer nur, »Ja, ist ja gut, Jackie, guter Hund, sei ruhig«, solche Dinge.

Ich musste ihm was zeigen. Das Stück Metall, das der Dicke durch den jetzt toten Menschen geballert hatte, mit diesen Knallrohren, die fast bei jedem Aas eine Rolle spielten. Ich hatte es natürlich längst gefunden.

Ich zog Lukas am Bein und sagte ihm, was Sache war.

»Was ist denn, Jackie? Siehst du nicht, dass ich hier zu tun habe? Was willst du? Hast du Hunger?«

Er hatte wie immer keine Ahnung. Ich zog weiter, er reagierte nicht.

Ich lief zu der Stelle, wo das Ding lag, und rief ihm zu, was hier zu sehen war. Nichts. Ich griff zu meinem letzten Mittel und imitierte die Geräusche von den Fahrzeugen, die sie mit den rot-blauen Leuchtdingern oben drauf machten.

»Heul doch nicht so rum, Jackie! Was ist denn da? Warte, ich komme.«

Genervt wie so oft, als ob ich ihn von seinen Aufgaben ablenken würde. Dabei nahm ich ihm wie immer seine Arbeit ab.

»Hey! Kommt bitte alle her und seht mal, was Jackie hier gefunden hat!«, rief er den anderen zu. »Guter Hund! Warte, kriegst gleich ein Leckerchen! Brav!«

Eine weiß eingewickelte Frau steckte das blutige Stück Eisen, das ich entdeckt hatte, in eine Tüte. So eine wie die, in der Lukas meine Snacks für zwischendurch für mich mit sich trug. Ich ließ mir gleich zwei geben, denn das hatte ich als Chef-Ermittlerhund auch verdient.

Die Menschen wollten natürlich die Bösen fangen. Die kamen dann in einen Zwinger. Ich war mal mit Lukas in so einee Zwingeranstalt gewesen, in der ganz viele böse Menschen in ihren Käfigen saßen und fluchten. Eigentlich bin ich ja gegen Käfighaltung, aber in diesem Fall? Wenn sie für Hunde oder auch Menschen gefährlich wurden, mussten sie selbstverständlich weggesperrt werden.

Ich legte mich wieder auf meinen Beobachtungshügel, der Fall war ja praktisch gelöst. Der Dicke musste in den Zwinger, und fertig. Nur hatten die Menschen das noch nicht verstanden, sie rätselten daran herum, was passiert war, anstatt ihre Nasen einfach mal aufzusperren.

Beim Dösen kam ich ins Nachdenken. Seit der Domestizierung des Menschen sind es nun zwanzigtausend Jahre her, und was haben sie dazugelernt? Gut, vieles von dem, wozu wir sie angestupst hatten, beherrschten sie dann nach einigen Generationen. Die Sache mit dem Feuer zum Beispiel.

Mein Großvater hatte mir das erzählt. Bello der Große, einer der ersten, die sich entschlossen, den Menschen zu zähmen, hatte wieder und wieder nach Blitzeinschlägen Stöcke mit Flammen zu den Zweibeinern getragen. Anfangs waren sie vor Angst geflohen, bis Bello ihnen eine Rentierkeule ans Feuer legte. Der Duft lockte sie an, und nachdem er das dreißigmal wiederholt hatte, nutzten sie schließlich ihre Hände dazu, das von da an immer so zu machen. So hatte Bello den ersten Schritt zur Einbeziehung des Menschen in die Zivilisation getan.

Ich bin übrigens einer, der in direkter Linie von Bello dem

Großen abstammt, und stolz darauf.

Die Hände sind das Einzige, das die Zweibeiner uns voraushaben, und deswegen brauchten wir sie. Mit unserem Mund können wir einiges ausrichten, nur Sachen herzustellen fällt uns damit schwer.

Menschen beherrschten damals so gut wie gar nichts. Sie konnten nicht rennen, sie konnten kein Wild zu Boden reißen und es totschütteln oder ihm die Kehle durchbeißen, sie konnten keinen Fährten anständig folgen. Wie viele von ihnen hatten meine Vorfahren verhungern oder Gras und völlig vergammeltes Aas fressen sehen, das niemand anderes mehr anrühren mochte, bevor wir sie dazu anleiteten, das Wild, das wir auf sie zutrieben, mit Stöcken und Steinen zum Stillstand zu bringen!

Einiges haben sie bis heute nicht verstanden. Ich glaube, sie sind sogar geruchsblind. Die Vielfalt der Welt um uns, die mannigfachen Dimensionen des Duftes, die vielen Nachrichten in der Luft und im Urin, all das entgeht ihnen. Sie vermögen nur extrem starke Gerüche wahrzunehmen, die alle feineren Aromen mit ihrem Gestank überstrahlen. Erbärmlich, was für einen Geruchsmüll sie täglich produzieren. Tja. Aber wem sage ich das.

Wir haben das alles im Urin.

Oder nehmen wir die Sprache. Wir begreifen so ziemlich alles, was sie sagen, einige von uns können mehrere tausend ihrer Worte verstehen. Und was kriegen sie von dem mit, was wir berichten? »Was ist denn, Jackie?«, war die Standardantwort auf alles, egal was ich Lukas und seinem Rudel erzählte. »Willst du raus? Hast du Hunger oder Durst? Fressi, Fressi? Musst du Häuflein?«

Sonst fällt ihnen zum Leben nicht kaum etwas ein. Fressen und kacken, mehr geht in ihren Kopf nicht rein. Weder hören sie, was in der Umgebung alles gesprochen und gerufen wird, noch riechen sie irgendetwas. Ob draußen eine läufige Frau vorbeigeht, ob der Nachbar Ratten gesehen hat oder ob eine Katze ihr Unwesen treibt, davon bekommen sie nichts mit. Olfaktorisch tot, blind und taub.

Gut, sehen können sie einigermaßen. Weil sie so hoch sind. Manchmal erspähen sie Dinge oder Beute, die weiter weg ist und die wir selbst nicht wahrgenommen haben. Ich glaube, sie können sogar mit dem Wind sehen. Hilfreich, denn die beste Spürnase versagt, wenn die Luft aus der falschen Richtung kommt.

Der Reichtum der Welt entgeht ihnen. Was wir auf einem Flecken Rasen alles entdecken, was jeder bessere Zaunpfahl an sozialen Nachrichten enthält, davon bekommen sie gar nichts mit.

Ich nahm mir vor, den anderen an den Straßenbäumen, Laternen und Zäunen, unseren sozialen Netzwerken, eine Nachricht zu hinterlassen, ob jemand den dicken Totmacher gesehen hatte und wo er steckte. Irgendjemand weiß immer etwas. Man muss doch nur mal am nächsten Hydranten oder einem anderen Zugang schnuppern. Einem Portal des internen Pipi-Netzwerks, kurz Internet. Da erfährt man alles, ungelogen. Klar, es wird dort viel Quatsch gechattet, wer mit wem und so weiter, aber eben auch die wichtigen Sachen.

Mein Mensch und seine Helfer waren fertig. Er war eine Art Rudelboss bei ihnen, die rote Pudeldame und ein Altrüde mit hellgrauem Fell und einer Art qualmender Kaustange im Mund gehörten zu ihm, die Leute in Weiß wohl auch.

»Lasst den jetzt gleich in die Rechtsmedizin bringen. Die Kugel, die mein kluger Hund gefunden hat« – na also, geht doch, dachte ich – »schickt ihr direkt zum Labor. Hinnerk, ruf bitte die Spurensicherung an, wegen der Fuß- und Reifenspuren, Faserspuren und dem ganzen Kram. Wir fahren aufs Revier. Vielleicht können wir ihn anhand der Fotos identifizieren,« sagte er.

Die wollten schon wieder weg? Der Dicke war doch noch in der Nähe! Ich konnte seinen penetranten Schweißgeruch deutlich wahrnehmen, mehr als ein paar Laufminuten war er nicht weg, wahrscheinlich beobachtete er uns aus der Distanz.

Überhaupt, der Schweißgeruch. Was die Natur sich bei den Menschen allen einfallen lassen hat! Wir Hunde schwitzen nicht, wir stinken auch nicht, Menschen dagegen riechen meilenweit gegen den Wind, wie Fuchsrüden. Was für eine merkwürdige Idee der Natur, Körperflüssigkeit aus der nackten Haut austreten zu lassen, voll mit wertvollen Substanzen und Salzen! Wo es doch reicht, den Mund aufzumachen und die Zunge raushängen zu lassen, am besten beim Laufen im Wind. Herrlich!

Klar, wir haben unseren Eigengeruch, wie Rehe und

Katzen und Mäuse. Oder Wildschweine, die so vorzüglich im Rohzustand riechen, als ob sie gebraten wären.

Menschen dagegen? Damit sie schwitzen können, haben sie ihr Fell verloren und müssen sich stattdessen mit Fellprodukten vom Schaf, aus Pflanzen oder anderen Sachen bedecken. Darin transpirieren sie dann noch mehr, und laufen können sie damit ebenfalls nicht. Eine glatte Fehlentwicklung der Natur, falls es jemand wissen möchte. Kuhhäute an den Füßen, die Krallen haben sich zurückentwickelt. Wie man damit laufen oder graben soll? Tja. Da fehlen einem die Worte.

Ich blieb stehen und teilte Lukas laut mit, dass der Stinker in Rufweite war. Dass er mir folgen solle, ich würde ihn hin- und den Täter überführen.

»Was ist denn los mit dir, Jackie? Wo willst du hin? Ist da eine Katze oder was? Komm mit zum Auto, Hund, wir müssen auf die Wache, den Fall aufklären!«

So sind sie. Die Spuren erkalten lassen, damit sie sich irgendwo mit Kaffee und Kuchen vollstopfen können und dabei unentwegt zu quatschen, was das Zeug hält.

Ich sah rüber zur Quelle des Schweißgeruchs und jaulte meine Erkenntnis erneut klar und deutlich heraus, jeder Hund oder Wolf hätte sofort gewusst, worauf es jetzt ankam.

Mein Lukas leider nicht. Ich schnüffelte kurz an ihm. Er dachte an sein Weibchen und seine Welpen. Aha, schloss ich. Darum ging es ihm.

Ich bin ja nicht so. Mein leckeres Essen wartete schon auf

mich. Nicht das in der Schale, was Lukas mir hinstellte, sondern der Rest Eichhörnchen aus dem Park hinter dem Polizeihaus, gut vergraben am Rande des Teichs und inzwischen perfekt gereift. Lecker!

Bis dort waren es zwei Laufstunden. Wenn ein Mensch zu etwas gut ist, dann als Taxi. Nachdem Hasso der Graue in alter Vorzeit den Vorfahren unserer jetzigen Menschen gezeigt hatte, wie man einen Baumstamm ins Laufen brachte und dass sie sich davon gefälligst ein paar Scheiben abschneiden sollten, um daraus Räder zu machen, hatten sie das jetzt, zwanzigtausend Jahre später, endlich begriffen und verfeinert. Jetzt hatten wir so coole Kutschen mit den dazugehörigen Lenkern, wie es uns geziemte. Es hatte lange genug gedauert, bis sie ahnten, was wir brauchten.

Hasso gehört nicht zu meinen direkten Vorfahren. Aber die Kleine, die ich ab und zu mal im Park traf, halb Pudel, halb Schnauzer, hatte ihn als Ahnen. Was für eine Kombination das wäre! Vielleicht schaffte ich es irgendwann, sie zu gemeinsamen Nachkommen zu überreden.

Ich setzte mich auf meinen Stammplatz, Lukas musste auf dem Kutschbock Platz nehmen und die Lenkarbeit machen, während ich kontrollierte, ob er auch die richtigen Wege nahm, und gleichzeitig den Wildbestand überprüfte.

Nach kurzer Fahrt fuhren wir am Dicken vorbei, der unbeteiligt geradeaus schaute, als ob er mit dem Mord nichts zu tun hätte. Ich machte Lukas darauf aufmerksam, aber er kapierte mal wieder kein Stück.

»Nimm die Pfoten da runter, Jackie, und kläff den Mann nicht so an! Der hat dir nichts getan! Runter!«

Beschweren war sinnlos, ich grunzte kurz und enttäuscht auf und setzte mich wieder. Klar hatte der mir nichts getan, das wäre ihm auch nicht gut bekommen. Ich hatte schon mehr als eine Wade zerfleischt, trotz des ekligen Schweißgeruchs. Nicht mir, sondern dem Stück Aas hatte er was angetan. Aber wie hatte mein weiser Vater, der wie ich selbst Jack hieß, doch immer gesagt? Was man nicht im Kopf hat, muss man in den Beinen haben. Dann musste der selbsternannte Homo sapiens eben laufen, wenn er die einfachsten Zusammenhänge nicht verstand.

So ein Mensch hat etwa den Intelligenzquotienten eines halbwüchsigen Welpen, sagt man. Es reicht fürs Notwendige, darüber hinaus – na ja. Probleme können sie nur mit den vielen Dingen lösen, die sie um sich haben, Tausende von Sachen und Geräten. Und dann sind sie noch stolz darauf, dass sie mit solchen Unmengen an Kram klarkommen, anstatt sich auf ihre Nase zu verlassen.

Inzwischen haben sie sich mit uns eingerichtet. Wir haben es heutzutage bequem, sie dienen uns Essen und bequeme Schlafplätze an und kommen sogar mit, wenn wir draußen laufen wollen. Und für lange Strecken haben wir jetzt diese lauten und stinkenden Kutschen, mit denen sie uns zu unseren Zielen bringen. Meistens. Manchmal kutschieren sie auch einfach so in der Gegend rum, ohne Ende und Pausen und kommen ganz woanders an, nicht dort, wo die Action ist.

Gut sind sie als Hundemasseure. Sie kommen mit ihren

Fingern an Stellen, wo keine Pfote auch nur ansatzweise kratzen, kraulen oder streicheln kann. Das sind sie, die Vorteile der Zivilisation.

Jetzt brachte mich Lukas zu meiner Dienststelle. Ich bin Hundehauptkommissar und brauchte meine Decke dort zum Nachdenken. Die besten Ideen hat man im Schlaf, in der Traumwelt kommt auf man Zusammenhänge, die einem sonst nicht auffielen. Wir waren da, Lukas öffnete mir die Türen, ich legte mich hin und rollte mich zusammen, damit mich das Geplapper und der Geruch von Torte und Kaffee nicht störte.

Und schon hatte ich es. Ich hatte etwas übersehen oder besser gesagt, überrochen. Natürlich! Das Aas, der tote Mensch, gehörte ebenfalls zu einem von uns, ich hatte die Spuren gerochen, aber nicht weiter nachgedacht. Seine Besitzerin war eine Berner Sennenhündin, drei Jahre alt. Sie hatte ihre heiße Phase gerade hinter sich, weshalb ich mir darüber nicht weiter den hübschen Schädel zerbrochen hatte. Wenn ich die fand, würde ich bald wissen, wer der Tote war. Lukas konnte den Mörder dann zu seinem Zwinger bringen; dafür hatte ich ihn schließlich.

Die drei Menschen in meinem Raum machten das, was sie immer taten, wenn sie nicht damit weiterkamen, mir bei der Aufklärung eines Falles zu helfen. Sie quatschten durcheinander, tranken ein bitteres rote Gebräu und aßen süße Sachen, die mich nicht hinter dem Ofen hervorlocken konnten.

Ich hörte nur noch mit einem Ohr zu, das ich ab und zu aufstellte, wenn ich etwas nicht verstanden hatte, und stellte mich schlafend. Denn manchmal entdeckten sogar Menschen bestimmte Sachverhalte. Wie gesagt, sie sind höher als Hunde und sehen deshalb weiter. Das mit dem höher meine ich übrigens nur als Längenmaß. Sie selbst leiten daraus immer höher entwickelt ab. So kann man sich täuschen!

KAPITEL 2

Hinnerk lud sich ein weiteres Stück Ostfriesentorte auf seinen Teller, Svantje goss frischen Tee über die Kluntjes in den blau bemalten Tassen. Es knisterte und knackte. Ein Geräusch, bei dem die Welt komplett in Ordnung war.

»Nichts ist in Ordnung«, fand Lukas. »Wir wissen nicht, wer der Tote ist, geschweige denn, wer ihn umgebracht hat. Bis die Ergebnisse von der Projektiluntersuchung zurück sind, vergehen Tage. Was hat die Spurensicherung denn noch gefunden? Und wann bekommen wir den Obduktionsbericht?«

»Fußspuren, Reifenspuren, von einem E-Fahrrad, und eine Menthol-Kippe«, berichtete Hinnerk. »Wobei die Fußspuren von etwa zehn verschiedenen Leuten stammten und zeitlich nicht einzuordnen waren. Eine davon lag über den Reifenspuren, war also jünger. Das E-Bike war ein Husqvarna, die Reifen waren so gut wie neu. Und die Kippe war eine Marlboro Blue Fresh, mit Lippenstiftspuren daran, aber ohne verwertbare Fingerabdrücke. Der Lippenstift wird noch ausgewertet.«

»Das Projektil war ein Neun-Millimeter-Geschoss«, steuerte Svantje bei. »Der Tote hatte kein Portemonnaie und keine Schlüssel bei sich, nur einen Zehn-Euro-Schein und drei Münzen. Ein Euro fünfzehn, um genau zu sein.«

Sie trank einen Schluck Tee, machte aber mit der Hand Zeichen, dass da noch etwas kam.

»Seine Schuhe waren aufschlussreich«, fuhr sie fort.

»Unter dem Dreck von dem Weg, wo wir ihn gefunden haben, klebte Lehm, und darunter etwas Streusplitt. Vielleicht können wir darüber herausfinden, wo er hergekommen ist. Womöglich wohnt er dort in der Nähe.«

»Was ist mit der Gesichtserkennung? Hat das jemand mit der Einwohnermeldebehörde abgecheckt?«, fragte Lukas.

»Mache ich gleich«, antwortete Svantje. »Moment.«

»Und ich rufe noch mal bei der Spusi an«, entschloss sich Hinnerk. »Vom Handy aus. Ich gehe mal kurz nach draußen.«

Beide verließen den Raum, Hinnerk mit seiner Pfeife in der Hand, Svantje mit der leeren Teekanne. Lukas stand auf und füllte Wasser aus einer Flasche in eine Schale.

»Was meinst du denn, Jackie?«, fragte er. »Du findest doch immer etwas«, erinnerte er mich, während er die Schale vor mich hinstellte und mir zum Aufwachen einen Keks vor die Nase hielt. Einen richtigen, den die Menschen nicht durften, nicht so einen billigen Zuckerkram, mit dem sie sich begnügen mussten.

Ich schnaubte. Natürlich hatte ich ihm in den entscheidenden Fällen die richtigen Spuren aufgezeigt, wozu ist man schließlich Hundehauptkommissar. Aber ich roch, was er meinte. Er dachte an meinen zweiten Fall, bei dem ich statt einer Leiche erst ein Kaninchen und dann zwei zugeknotete Gummibeutel mit menschlichem Samen darin gefunden hatte, die er als Beweismittel zu Haus in seinen Kühlschrank gelegt hatte, woraufhin er mit seinem Weibchen mächtig Krach bekommen hatte.

Ich trank erstmal was, das half immer. »Wir müssen die Berner Sennenhündin finden«, sagte ich.

»Ist ja gut, Jackie, sei brav. Nicht bellen. Wir gehen gleich eine Runde«, versprach er, obwohl ich gar nicht musste. Manchmal ist es echt zum Verzweifeln. Andererseits hatte ich eine Ahnung, wo die schöne Sennerin in etwa wohnte, ich würde ihn hinbringen. Vielleicht kam er dann auf den richtigen Trichter.

Er ging wieder an seinen Tisch und hielt die Sache wohl vorerst für erledigt. Ich brauchte dringend eine Strategie, wie ich ihn auf die entscheidende Spur führen konnte, bevor die anderen Menschen ihn wieder mit ihren Vermutungen ablenkten.

Gerade kam Hinnerk zurück und roch nach Kartoffelfeuer, nur ohne Kartoffeln, die ich bei solchen Gelegenheiten gerne ausgrub. Diese Traditionen geraten leider mehr und mehr in Vergessenheit.

»Tja«, sagte er. Das tat er immer, wenn er eine Überraschung in petto hatte. »Die Spusi hatte tatsächlich was. An der Kippe waren Spuren von einer Plastiktüte, am Filter. Werner Reemtsma meinte, der Filter war noch heiß, als sie eingetütet worden ist.«

Fast zeitgleich war auch Svantje wieder eingetreten und hatte mitgehört. »Dann muss die Täterin oder eine Zeugin nur Momente vor uns am Fundort gewesen sein«, schloss sie aus seinen Worten. »Denn sonst wäre die Kippe ja schon kalt gewesen, als sie in die Tüte kam, oder?«

Hinnerk grinste, Lukas schüttelte langsam den Kopf.

»Der Typ war schon länger tot, als die Spusi dort ankam«, sagte er. »Spricht nicht dafür.«

»Dann kam die Kippe von einer Zeugin, die vor Ort war. Vielleicht hat die was gesehen, oder sie kannte den Toten«, vermutete sie.

Hinnerk wollte gerade zu einer Rede ansetzen, als bei ihr der Groschen fiel. »Ach, Quatsch«, sagte sie. »Ich hab's. Das Plastik war gar nicht vom Beweismittelbeutel, sondern einer anderen Tüte. Da drin ist die Kippe aufbewahrt worden, und der Täter hat sie da rausgenommen und als falsche Spur für uns ausgelegt. Damit wir nach einer Frau mit einem bestimmten Lippenstift suchen, die so etwas raucht. Da will uns einer verarschen.«

»Außerdem sind Mentholzigaretten inzwischen bei uns verboten«, warf Lukas ein. »Außer in der Schweiz, vielleicht sind die von da. Schränkt den Kreis der Täter schon mal ein.«

Hinnerk, der sich um seine Pointe gebracht sah, zog einen Flunsch. »Oder Täterinnen«, erwiderte er. »Von mir aus auch TäterInnen oder Täter*innen. Vielleicht sogar Täter:innen.«

Ich wunderte mich, wie er so schwierige Wörter überhaupt aussprechen konnte. Er hätte doch schlicht ›der dicke Verbrecher‹ sagen können. Aber Menschen machen es sich eben immer viel zu kompliziert, wo das Leben doch so einfach war.

Lukas schien das egal zu sein. »Finden wir schon raus«, fand er. »Eine falsche Spur ist nämlich eine richtig gute

Spur. Denn wenn wir die vermeintliche Täterin finden, sind wir an der Person, die sie reinlegen will, schon einen großen Schritt näher dran.« Er wandte sich an Hinnerk.

»Und? Gibt es weitere Informationen dazu? Typ der Tüte, Fingerabdrücke auf dem Filter, DNA im Lippenstift? Du weißt doch noch etwas.«

Ich roch, dass Hinnerk das lieber von sich aus gesagt hätte und sich in eine passive Position gedrängt fühlte. Das mochte er nicht, schließlich war er älter als Lukas. Das Alter schien bei Menschenrudeln eine gewisse Rolle zu spielen.

»Tja«, sagte er wieder. »Eine Polypropylen-Tüte mit einem Zellophananteil. Angeblich werden die oft für das Eintüten von Briefmarken verwendet, meinte Reemtsma.«

»Aha. Ein Briefmarkensammler«, schloss Svantje daraus.

Wieder so eine Sache bei den Menschen. Sie interessierten sich für Hobbys, Vorlieben und andere merkwürdige Tätigkeiten. Ich hatte schon öfter beobachtet, dass meine menschlichen Helfer Leute, die ihnen sympathisch erschienen, weil sie ähnliche Neigungen hatten, nicht so schnell in den Zwinger steckten. Immer für eine Überraschung gut, selbst mein Lukas.

»Möglich«, meinte er. »Sonst noch was? Typ des Lippenstifts, sonstige Hinweise?«

»Ja. Das war ein Becca Ultimate, in rosa-beige. Wird nicht so häufig gekauft, sagte Johanna Kleinschmidt.«

Dieses Weibchen kannte ich. Eine Kollegin von Lukas, die oft diese weißen Sachen anhatte, genau wie Werner

Reemtsma. Die zwei sollten Spuren sichern, wurde immer gesagt. Dass eine von den beiden mal die Nase an den Boden gehalten hätte, wäre mir aufgefallen. Die hatten noch nie eine richtige Spur aufgenommen. Dicke tun und nichts dahinter, wie immer bei den Menschen.

Was nimmt man nicht alles in Kauf, damit einem die netten Mitarbeiter nicht abhanden kamen!

»Das Meldeamt kennt den Kerl nicht«, berichtete Svantje. »Ich habe gleich mal beim KTI nachgefragt, das mit der Analyse des Projektils kann dauern. Zwei Wochen.«

So kamen wir hier nicht weiter. Es wurde Zeit, aktiv zu werden. Ich schlenderte zur Tür und sah Lukas fragend an.

»Oh je«, sagte er. »Wir schieben eine Pause ein, Leute. Ich fürchte, Jackie muss mal raus. Seht doch in der Zwischenzeit mal das Vermisstenregister durch. Irgendwo wird der Typ doch fehlen, zu Haus, bei der Arbeit, im Vermisstenregister, was weiß ich.«

Er stand auf, nahm seine Leine und machte sich an mir fest, damit er den Weg nicht verlor. Menschen sind ganz schlecht in sowas, sie verlaufen sich leicht, weshalb wir sie lieber an der Leine führten.

»Bis nachher«, sagte er zu den anderen. »So wie er aussieht, kann das eine Weile dauern. Und checkt bitte, ob es hier Briefmarkensammler gibt, Clubs, Treffen, Austausch, Facebook-Gruppen. Ihr wisst schon.«

Er öffnete die Tür und folgte mir. Jetzt konnte es losgehen.

KAPITEL 3

Gleich hinter dem Revier liegt ein kleiner Park mit einem Teich. Ein beliebter Treff für Hunde, die mit ihren Menschen hierher kommen, außerdem ein ausgezeichnetes Klo und damit ein Infozentrum.

Schon am ersten Pfahl, einem rotweißen runden Pfeiler, der mitten auf einem Pfad stand und verhinderte, dass Menschen da mit ihren Drehgestellen oder Kutschen reinfuhren, fand ich eine Nachricht von Fifi, einer kleinen Pudeldame, Mitte dreißig in Hundejahren, die regelmäßig hierherkam.

Mia ist allein zu Haus, jemand muss sich um sie kümmern, ihr Mensch ist weg, ohne Bedienung kommt sie nicht raus, hatte Fifi an den Pfosten gesprüht. Ihr Urin roch etwas zu sauer, sie aß zu viel Fleisch. Ich sprühte ihr diese Erkenntnis weiter oben an den Pfahl. Gesunde Ernährung ist so wichtig!

Wo lebt Mia denn, fragte ich mit dem zweiten Strahl. Wir könnten uns mal wieder treffen, Fifi, was meinst du?

Ich umrundete den halben Teich, bevor ich die nächste Message fand, auf U-Tube, kurz für den Urinschlauch, mit dem wir Nachrichten absonderten.

Mache mir Sorgen um meine Nachbarin Mia, sie jault den ganzen Tag und kommt nicht raus. Jemand muss ihr was zu essen und trinken besorgen, hatte Nino gepostet, ein bulliger französischer Bulldoggenmann, der zwar nicht gut laufen, aber umso besser riechen konnte. Wer helfen kann, soll bei mir vorbeikommen und Laut geben.

Ich dachte mir meinen Teil. Mia musste die nette Berner Sennenhündin sein, die ich am Aas erschnüffelt hatte.

»Lukas, komm, wir müssen dahin«, sagte ich meinem Menschen und zog ihn in die richtige Richtung.

»Zieh nicht so, Jackie! Wo willst du denn hin? Schau mal hier, das schöne Laub, da kannst du schön Häufchen machen!«

Menschen denken eben immer nur an das Eine. Häufchen.

Ich ließ diese Aktion bewusst aus, denn mein Begleiter würde ungeduldig werden, wenn ich damit durch war. Er verstand ja nichts, ich musste ihm mit anderen Mitteln zeigen, wo es langging.

Ein paar Minuten später waren wir raus aus dem Park und in der Sauerbruchstraße, einer Sackgasse. An einer Stelle roch es tatsächlich etwas sauer, als ob sich dort jemand erbrochen hätte. Nino wohnte im vorletzten Haus, und er war da, wie ich seinen Spuren entnahm.

Am Pfosten eines Zauns hatte er etwas gepostet. Ruft mich raus, wenn was wegen Mia ist. Ich komme dann. Aber laut, mein Diener ist schwerhörig.

Ich rief ihn.

»Jackie, was ist bloß los mit dir? Ich muss zurück aufs Revier! Was willst du denn hier?«

Das war natürlich Lukas, wie immer ohne Checkung. Dafür antwortete Nino aus dem Haus. »Moment, bin gleich da!«

Tatsächlich öffnete eine Minute später ein steinalter Mensch die Haustür, und der Hund im Haus stürmte heraus, schnell für eine französische Bulldogge. Ich fragte mich gerade, wann er über seine eigenen krummen Beine stolpern würde, als er schon am Tor war.

»Hör zu! Hör zu!«, hatte er unterwegs bereits laut gerufen. Dann beschnüffelten wir uns ein wenig, zur Bestätigung, dass alles in Ordnung war. Ich nahm seinen Respekt wahr, dass er es geschafft hatte, einen leibhaftigen Hundekriminalhauptkommissar herbeizurufen.

Er teilte mir etwas mit. Mia wohnt gegenüber. Lass sie uns mal gemeinsam rufen. Vielleicht bemerkt sie ja einer der Menschen und macht endlich die Tür auf, damit sie raus kann.

Ich postete zurück. Okay, wir rufen sie, dann laufe ich rüber und alarmiere sie von dort aus. Los, jetzt!

»Ruhig, Nino!«, rief der alte Mensch, der langsam in Zweibeinerart angewackelt kam. Bei jedem Schritt drohte er nach links oder rechts zu kippen und verhinderte das gerade noch mit dem nächsten Schritt, um dann in die andere Richtung zu kippen. Ich wunderte mich immer, wie man so vorwärtskommt. Richtig laufen können sie auch nicht, und schnell schon gar nicht. Der kleinste Chihuahua ist fixer als selbst ein junger Mensch. Wer mal mit ihnen Fangen gespielt hat, weiß das. Sie sind einfach zu blöd dazu. Zweibeiner eben.

Nicht dass wir nicht auch mal auf den Hinterbeinen stehen. Aber das ganze Leben lang so rumwackeln? Wie soll man denn da vorwärtskommen?

»Ich weiß nicht, was mein Jackie hat«, erzählte Lukas dem Alten, der sich jetzt am Zaun festhielt. Zu meiner Beruhigung, sonst wäre er vermutlich umgekippt. »Ist Ihre Hündin heiß? Er ist die ganze Zeit ihrer Spur gefolgt.«

»Das ist ein Rüde, der Nino«, brummte der Griesgram. »Der stellt sich schon seit gestern so komisch an. Und jetzt das. Sitz, Nino!«

Ich war inzwischen auf die andere Straßenseite gewechselt und rief weiter nach Mia. Ich hörte eine schwache Antwort, ein Winseln. Es ging ihr schlecht, sie hatte Durst. Sie antwortete leise.

»Ich musste schon das Pipiwasser aus der Menschenschüssel trinken, widerlich«, piepste sie. »Ich brauche was Richtiges. Holt mir hier raus, Jungs!«

»Komm zurück, Jackie, schnell!«, rief mein Lukas. »Hier fahren Autos!«

Ich sah keines und sprang weiter an Mias Zaun hoch.

»Moment«, sagte der alte Mensch. »Ist das nicht der Hund von dem Mehnert? Den habe ich schon länger nicht mehr gesehen. Ob der krank ist?«

Mein Lukas spitzte die Ohren, so gut er konnte. Menschen haben keine drehbaren Ohren, ein weiterer Grund, weshalb sie so miserabel hörten. Sie können nur den Kopf drehen wie eine Eule und ein ganz klein wenig mit den nutzlosen rosa Muscheln wackeln. Immerhin, Lukas hörte Mia.

»Tatsächlich, da winselt ein Hund«, erkannte er und zog

ein verblüfftes Gesicht. »Ich gehe da mal klingeln. Das geht ja nicht, einen Hund so lange allein zu lassen.«

Endlich mal ein vernünftiges Wort von meinem Assistenten!

Lukas wackelte herüber, öffnete die Tür im Zaun und ließ mich durch. Ich stürzte sofort zum Fenster, hinter dem ich Mia wahrnahm. »Wir sind gleich da, Mädchen! Halte durch!«

Lukas drückte auf einen Bellknopf. Menschen machen so etwas. Anstatt zu rufen, damit man sie gleich erkennen kann, haben sie das Rufen anonymisiert, damit die Menschen im Haus nicht wissen, wer genau kommt. So machen sie das immer. Stets durchdenken sie eine Sache nur halb. Warum sollen die anderen denn raten, wer da ankommt, statt gleich zu wissen, wer es ist?

Wahrscheinlich nur deshalb, damit auch unangenehme Besucher eine Chance bekamen, zu fremde Leute zu kommen. Versteh einer die Menschen.

Es öffnete niemand. Lukas konnte ja nicht wissen, dass dieser Mehnert tot war, er hatte seinen Geruch am Fundort nicht aufgenommen. Halbe Sachen, wie gesagt.

»Ich glaube, da liegt ein Schlüssel unter der Fußmatte«, rief der besorgte Alte von gegenüber. »Schauen Sie mal rein in die Wohnung. Oder rufen Sie die Polizei, das geht doch nicht, mit dem Hund.«

Und dann haben sie wieder glasklare Einsichten, die Menschen, wie der Alte eben. Das musste ich ihnen lassen. Ihre Verantwortung uns gegenüber nehmen sie ernst.

Letzten Endes haben wir ihnen seit ihrer Domestizierung vieles gezeigt und ermöglicht, ein wenig Dankbarkeit ist da schon angebracht.

»Ich bin die Polizei«, gab Lukas an. Na ja, das stimmte so halbwegs. Er war der Assistent eines Hundehauptkommissars. »Danke. Ich gehe da jetzt rein. Komm, Jackie.«

Das ließ ich mir nicht zweimal sagen. Er hatte kaum den Schlüssel an sich genommen und aufgeschlossen, als ich schon drin war, vor ihm, und zu Mia hinstürzte.

»Dein Retter ist da«, rief ich ihr zu. Sie war zwar größer als ich, und ihre heiße Phase war soeben vorüber, sie roch aber immer noch gut, als ich sie inspizierte. Leider setzte sie sich hin. Der Durst hatte Vorrang.

Lukas hatte verstanden und zwei Schalen mit Wasser aus der Küche geholt. Mia stand auf und trank beide aus, während ich an ihrem Zustand herumermittelte.

Sorry, Leute, Babys sind out, ich brauche was zu essen und zu trinken, nichts weiter, entnahm ich ihrer Aussage.

»Lukas, sie braucht was zu essen, hol mal etwas«, rief ich ihm zu.

»Ist ja gut, Jackie. Ich suche gerade was zu fressen für sie«, sagte er. Manchmal verstehen sie eben doch, und Lukas ist meiner Ansicht nach sogar so etwas wie intelligent. So etwa wie ein drei bis vier Jahre alter Junghund.

Er wackelte zur Küche und zum Kühlschrank, blieb aber vor einer Wand stehen, an der Bilder hingen. »Das gibt es doch nicht«, murmelte er.

War etwa nichts mehr zu essen da? Mia hatte Hunger. Aber woher konnte er das wissen, er hatte ihn doch noch gar nicht geöffnet?

Er meinte etwas anderes. »Schau mal, Jackie«, klärte er mich pflichtschuldigst auf. »Der Mann hier auf dem Bild, ist das nicht das Mordopfer?«

Er nahm das Foto ab und hielt es mir vor die Nase. Völlig unnötig, ich wusste das alles längst, deshalb hatte ich ihn ja hergebracht. »Genau!«, rief ich.

»Braver Jackie«, kommentierte er, während er das Bild einsteckte und zum Kühlschrank marschierte. »Kein Wunder, dass er sich nicht mehr um den Hund kümmern kann.«

Bingo! Jetzt hatte er verstanden. Manchmal braucht es eben etwas. Lukas nahm eine Dose aus dem Kühlschrank und füllte den Inhalt in eine Steingutschale, auf der *Mia* stand.

»Komm, Mia! Fressi, Fressi!«, lockte er sie. Mia seufzte, ich ebenfalls. Manchmal ist es schwer mit ihnen. Sie kommen über die Babysprache einfach nicht hinweg.

Mia aß langsam, während ich von hinten ihr U-Tube-Programm durchsah.

Gestern war ein fremder Mann angekommen, der mit ihrem Georg weggegangen war, mit einem dieser Knalldinger in der Hand. Sie hatte in etwa die gleiche Beschreibung von ihm wie ich. Ein Dicker, der Rauch einsog und zu viel Schweinefleisch fraß. Nur was er gegessen hatte, wusste sie nicht. Sie war keine Polizistin, sondern Zeugin, ich musste es deshalb nicht hier im Haus posten. Macht man nur in Notfällen, ich unterließ es.

Lukas sah sich inzwischen weiter um und nahm ein paar Fotos von den Wänden. Im Bettzimmer lag das Sprechgerät des Menschen. Lukas zog sich einen Handschuh über, den er in einer Tasche stecken hatte, und nahm es an sich. Im Bildzimmer, also dem Sofaraum, wo das Bildgerät steht, auf dem öfter Tiere laufen, stand eines dieser Klappdinger, die Musik und Bilder und Zeichen machen können und auf denen die Menschen Fingerübungen machten.

Finger sind ihre wichtigsten Körperteile, mit ihnen basteln sie Sachen, bauen Häuser und alles; die müssen sie ständig trainieren, und dazu gibt es diese Übungsgeräte, auf denen sie mit den Händen herumtrommeln. Damit ihnen dabei nicht langweilig wird, sprechen bisweilen andere Menschen aus diesen Kisten, oder es läuft Musik. Manchmal denke ich, dass es ihre Version unserer U-Tube ist, nur eben ohne den wichtigsten Nachrichtenträger, den Urin.

Ihren eigenen spülen sie immer gleich weg, ganz so, als ob sie Geheimnisse hätten, die niemand wissen soll. Nur dass er kaum Nachrichten an Dritte enthält, sondern nur Informationen über ihren Gesundheitszustand. Und das sollen andere wohl nicht wissen. Na ja, ist auch egal, uns entgeht das trotzdem nicht.

Deshalb greifen sie dann auf diesen billigen Ersatz zurück. Entsprechend dauert alles länger als bei uns.

Lukas hatte sein eigenes Sprechgerät gezückt und redete

mit jemandem. Den Leuten aus meinem Büro und dann denen aus dem Nachbarbüro, den Menschen in den weißen Sachen, Johanna und Werner, einer netten Frau und einem leicht säuerlich riechenden älteren Mann. Die sollten herkommen, die anderen etwas später ebenfalls.

»Ich führe solange seinen Hund spazieren, zusammen mit Jackie«, kündigte er an. »Ich bin in einer Viertelstunde wieder da.«

Der Mann wurde immer besser. Er sah sich weiter um, nahm Mias Menschenleine von der Garderobe, ließ die Sennerin aufessen und bat mich hinzu.

»Komm, Mia, wir gehen in den Park, du brauchst Bewegung, wir könnten ein wenig laufen und spielen«, schlug ich ihr vor. »Den Lukas müssen wir mitnehmen, der findet sonst den Weg nicht.«

Das Letztere war gelogen, die Straße führte ja direkt zum Entenpark. Auch wenn sich Lukas gern von mir an der Leine führen ließ, diesen kurzen Weg hätte sogar er allein gefunden.

Ich machte mir Sorgen um Mia, die zwar etwas ahnte, aber noch nicht wusste, dass ihr Betreuer ein Loch in der Brust hatte.

Als wir am Park angekommen war, während Lukas die ganze Zeit in sein Kästchen gesprochen hatte, postete ich die traurige Nachricht an den ersten Baum am Wall.

Mia konnte es gar nicht fassen und schnüffelte weiter. Dann stieß sie ein herzzerreißendes Geheul ein, in das ich einfiel. Es ist schlimm, wenn ein Hund stirbt, aber auch einen menschlichen Betreuer zu verlieren, trifft einen hart, ich konnte Mia gut verstehen.

»Seid mal leise, man versteht ja sein eigenes Wort nicht mehr«, war das Einzige, was Lukas dazu einfiel. Ich postete noch etwas. *Das war dieser Dicke, der nach Rauch und Schwein riecht, der hat ihn totgemacht, spritzte ich an den Baum. Alle sollen nach dem suchen und ihre Nachrichten bei U-Tube hinterlassen, damit wir ihn finden und zur Strecke bringen können. Er muss in einen Zwinger,* postete ich, wozu ich drei Anläufe brauchte.

Wenn ich dem nicht vorher die Kehle durchbeiße, spritzte Mia unnötigerweise dazu. So etwas macht ein gebildeter Hund von heute nicht, aber wegen des verständlichen Ärgers ließ ich ihr das durchgehen. Man denkt so etwas nicht einmal, selbst Menschen haben einen Wert.

Mia erledigte ihr Geschäft, worauf sie zwei Tage gewartet hatte, wie sie mir gesagt hatte. Ich schnupperte; es enthielt keine Keime, die ich noch nicht kannte. Neue Sorten machten den Hund resistenter gegen Krankheiten und andere Gebrechen, weswegen wir in manchen Fällen eine Transplantation vornehmen, um selbst immun zu werden.

Wir hatten alles erledigt und gingen zurück, Lukas nahmen wir mit, er folgte uns bereitwillig. Womöglich wegen der beiden Weibchen, die mittlerweile in Mias Wohnung sein mussten, obwohl er zu Hause selbst eines mit zwei Welpen hatte. Vielleicht wollte er auch einfach mehr erfahren, was mit Mias Menschen passiert war.

Mia und ich sollten draußen warten, was uns recht war, schließlich verliefen dort alle Spuren. Mia zeigte mir, wo der Dicke hergekommen war. Die Spur war nicht mehr frisch, mit ihrer Hilfe aber noch zu erkennen. Er war an der Seite über den Zaun gestiegen und am Haus entlanggeschlichen, hatte sich unter dem Fenster geduckt und war dann an die Tür gekommen und hatte gesummt. Also mit diesem Bellknopf an der Tür, woraufhin ihr Mensch an die Tür gegangen war.

Der Dicke hatte ihm sofort das Knallrohr unter die Nase gehalten, ihr Mensch hatte daran gerochen und erkannt, dass er dem Dicken folgen sollte. Der war dann hinter ihn getreten, wie noch klar an den Spuren zu riechen war, und hatte ihn zu einer Kutsche gebracht. Die vermochte Mia nicht zu beschreiben, sie würde sie aber wiedererkennen.

Sie selbst war im Haus geblieben, nachdem der Dicke ihr die Tür vor der Nase zugeknallt hatte, und hatte durchs Fenster zugeschaut, wie ihr Mensch vorne eingestiegen war, der Dicke hinten. Viel mehr hatte sie nicht gesehen, weil es schon recht dunkel gewesen war.

Das war eine super Zeugenaussage. Ich fragte mich nur, wie ich Lukas das alles beibringen sollte, er hörte ja nie richtig zu.

Drinnen spielten die Menschen wieder rum, anstatt zu ermitteln. Sie stellten Fähnchen auf, malten etwas mit Kreide vor die Tür, sprühten ein paar Stellen lustig ein, warfen helles Licht auf bestimmte Positionen und anderen Schabernack mehr. Viele Sachen packten sie in kleine Beutel, die sie mitnahmen. Anschließend schlossen sie ab und klebten bunte Zettel und Bänder vor die Tür. Wie für eine Party, nur dass niemand kam.

»So«, sagte Lukas. »Wir gehen gleich zurück aufs Revier, Jackie, nachdem wir die Nachbarn befragt haben. Was stellen wir jetzt mit dem Hund an?«

Er meinte Mia. »Die nehmen wir mit, das ist eine wichtige Zeugin«, erklärte ich ihm. »Es sei denn, sie kann hier bei Nino wohnen, sie braucht ja jemanden, der für sie sorgt.«

»Kläff nicht so rum«, meckerte Lukas, weil er wohl wieder nichts verstanden hatte. »Ich frage mal gegenüber, die haben ja auch einen Hund, vielleicht können die sie für eine Zeit nehmen.«

Also hatte er doch etwas mitgekriegt, intuitives Hörverständnis, meiner Meinung nach. Sie verstehen bisweilen mehr, als man denkt, und in gewissen Situationen muss hund aufpassen, was er sagt.

Manchmal bin ich jedoch verdammt stolz auf meinen Menschen, Mia und ich sprangen an ihm hoch.

Er gab uns etwas von meinem Leckerchen-Vorrat, den bei sich zu tragen ich ihm beigebracht hatte.

Gegenüber öffnete der Mensch von Nino die Tür. Lukas sprach mit ihm, bevor er zur Sache kam.

»Wissen Sie, ob Herr Mehnert Verwandte hatte? Er lebte offenbar allein. Hat er Besuch bekommen? Haben Sie in den letzten Tagen jemanden bei ihm gesehen, oder haben Sie bemerkt, wann er aus dem Haus gegangen ist?«

»Wieso? Ist was mit ihm?«, fragte der Mann zurück. »Dem ist doch nicht etwa etwas passiert?«

»Herr Mehnert ist tot aufgefunden worden, wir können

ein Gewaltverbrechen nicht ausschließen. Jede Aussage dazu könnte wichtig sein.«

Der Mann schluckte und sah zu Mia hinunter, die fragend zurückschaute.

»Was wird denn dann mit dem Hund? Der würde da ja verhungern, wenn ihn keiner nimmt.«

Das hatte Lukas schlau eingefädelt, dachte ich. Er wusste, was sich gehörte, sofern es um uns Hunde ging.

»Es wäre schön, wenn Sie ein paar Tage auf ihn aufpassen könnten. Sobald wir geklärt haben, ob er Verwandte oder jemand anderen hatte, der den Hund nehmen kann, lassen wir ihn wieder abholen.«

Ich schüttelte ungläubig den Kopf. *Ihn*. Nicht einmal das Geschlecht eines Hundes konnten sie ordentlich bestimmen, und selbst dann sagten sie zu einer Dame *er*. Also echt jetzt!

Lukas redete weiter. »Und? Haben Sie jemanden bemerkt? Hatte er manchmal Damenbesuch? Wie oft ist er aus dem Haus?«

Der steinalte Mann kratzte sich den ziemlich kahlen Schädel, von dem nur noch wenige Haare hinten herabhingen. »Tja. Er ist wohl zwei, drei Mal am Tag mit dem Hund raus, am Wochenende. Unter der Woche fährt er arbeiten, in Wilhelmshaven, glaube ich, den Hund nimmt er dann mit. Eine Frau habe ich da lange nicht gesehen. Und wann er das letzte Mal das Haus verlassen hat? Ich sitze ja nicht ständig am Fenster, wissen Sie?«

Viel mehr bekam Lukas aus dem Alten nicht heraus.

Immerhin erklärte er sich bereit, Mia für ein paar Tage zu betreuen; Lukas gab ihm ein blaues Stück Papier, mit dem man sich in einem großen Haus eine Dose mit etwas zu essen nehmen durfte, wie ich beobachtet hatte. »Für Mia, bis sie abgeholt wird«, sagte er.

Ich sage das ja jedem, der es hören will oder auch nicht. Herr und Mensch werden sich mit der Zeit immer ähnlicher. Lukas hatte viel von mir gelernt, wie es schien, meine Erziehung zu mehr Kaninität zahlte sich langsam aus. Er zollte uns Hunden jetzt wesentlich mehr Achtung.

Von hinten näherte sich die hohe Menschin, die mich mit ihrem feuerroten, kugelförmigen Haar immer an eine Pudeldame erinnerte. Lukas verglich sie meist mit einem hohen Haus, in dem sich oben ein Licht drehte, einem sogenannten Leuchtturm, warum auch immer. So ein Licht hatte ich bei ihr noch nicht gesehen.

»Der Mann ist geschieden, keine Kinder«, bellte sie schon aus einigen Metern Entfernung. »Er arbeitet im Marinearsenal in Wilhelmshaven. Die anderen Nachbarn halten ihn für extrem verschwiegen.«

Sie plapperte weiter, mein Lukas hörte zu und fasste dann zusammen. »Demnach hat niemand gesehen, wie er das Haus verlassen hat.«

Ich sagte ihm, dass er von dem Dicken abgeholt worden war.

»Still, Jackie, ich rede mit Svantje«, fuhr er mich an. »Ich weiß, du sorgst dich um den Hund, nicht?«

Dann vergaß er mich wieder.

Ich nutzte die Gelegenheit, eine Frage an Ninos Zaun zu posten.

Wer immer einen dicken Menschen gesehen hat, der verbrannte Pflanzenteile einatmet, Getreidewasser mit Hefe ausdünstet und zu viel Schweinefleisch frisst, soll Nino Bescheid sagen. Der hat einen Menschen totgemacht, der zu Mia gehörte, die kennt ihr ja alle. Der Täter muss in den Zwinger. Gern auch im Park posten, legte ich nach.

Dann ließ ich Lukas seine Leine an mich anlegen und führte ihn durch den Park zurück zur Dienststelle.

Ich aß etwas aus meinen edlen Metallschüsseln, während sich die drei Menschen mit belegten Teigfladen aus Pappkartons begnügen mussten. Anschließend war es Zeit für ein Nickerchen.

KAPITEL 4

Als ich wieder wach war, wechselte ich mein Lager und legte mich unters Fenster, um die Spuren im Kopf auszuwerten und um nachzudenken. Wenn ich bei dem Geplapper der Menschen dazu kam. Denn sie redeten und redeten, ließen aber die Hauptspuren außer acht, weil sie sie gar nicht kannten.

Überhaupt, sie vertrauen wie immer mehr auf Maschinen, Geräte und anderes technisches Zeugs statt auf ihre Sinne, die sich entsprechend weiter zurückgebildet haben.

Laut Fido dem Struppigen konnten Menschen kurz nach ihrer beginnenden Domestizierung noch ganz gut riechen, hören und auch laufen, sehen konnten sie schon immer ganz gut.

Je mehr wir ihnen beibrachten, damit sie etwas effizienter wurden, desto mehr verließen sie sich auf technische Krücken und ließen ihre Sinne verkümmern.

Mir fiel eine andere Erzählung ein, die ebenfalls auf Fido den Struppigen zurückging. Es ging um eine Vereinfachung der Jagd, die ihm damals eingefallen war. Unsere Vorfahren hatten die Menschen dazu abgerichtet, das Wild, das wir auf sie zutrieben, mit ihren spitzen Stöcken und geschliffenen Steinen zu töten, zu zerlegen und dann zu rösten, der besseren Verdaulichkeit wegen.

Zu den Steinen, Stöcken und anderen Waffen, die wir den Halbaffen beigebracht hatten, weil sie weder Fangzähne noch Krallen noch nennenswerte Muskeln hatten, gibt es gleichfalls einiges zu sagen. Dass man mit spitzen Stöckchen Käfer aus Baumrinde pulen und mit etwas Glück Fische aus Flüssen stechen konnte, hatten sie den Krähen nachgeäfft, die ihnen das schon immer vorgemacht hatten.

Es hatte ewig gedauert, diese Wesen von ängstlichen Opfern zu Jagdgehilfen zu erziehen.

Sie waren schon damals von vielen Ängsten geprägt. Furcht vor Magie, Panik bei Löwen und Hyänen, Bammel angesichts von Ameisen, Käfern, Spinnen und vor anderen Menschen.

Sie wussten schon damals, wie man sich gegenseitig totmacht, deshalb schützten sie sich. Käfer, giftige Insekten und Schlangen hielten sie sich vom Leibe, weil sie Angst vor allem und jedem hatten, wie großteils auch heute noch. Vor bekannten Gefahren, bei denen sie früher schlechte Erfahrungen gemacht hatten, und vor allem Neuen schon aus Prinzip.

Sie hatten sich aus Baumteilen Palisaden gebaut, um sich zu schützen und um innerhalb des Zaunes für reichlich Nachwuchs zu sorgen. Genau wie Mäuse können sie praktisch immer, weil nur viele Nachkommen ihr Überleben sichern, woran sie auch heute noch glauben. Das Thema bewegt sie ständig, ein typisches Beuteopferverhalten.

Echte Jäger wie wir brauchen sich nur ein- oder zweimal im Jahr zu paaren. Dann macht es auch mehr Spaß, aber das ist wieder eine andere Geschichte.

Eine Herde Menschen hatte sich damals eine zweite Umzäunung für weitere Hütten und mehr Nachwuchs gebaut, und Fidos Eltern hatten die sich bietende Chance sofort erkannt. Sie trieben eine Herde Antilopen hinein, die nicht mehr entkommen konnte, nicht einmal den langsamen und hilflosen Menschen, die sich sonst nur von Früchten und Aas ernährten.

Sie schlachteten die Antilopen und alle hatten eine Zeitlang mehr zu essen, als sie verputzen konnten. Danach war wieder Ende Gelände; also trieben unsere Vorfahren andere Tiere in diese Umzäunung, diesmal Büffel und Wildpferde.

Es dauerte dann ein paar Sommer, bis Fido selbst ihnen zeigte, dass man Gras nicht nur fressen, sondern auch sammeln und zu den Büffeln und Antilopen bringen konnte. Das kapierten die Menschen damals nicht sofort. Also öffnete Fido den Zaun mit seinen getreuen Kämpen und ließ die Gruppe Antilopen in der Nähe weiden, um sie abends wieder in die Umzäunung zu treiben.

Er hinderte die Menschen daran, mehr Tiere zu schlachten als nötig. Einmal knurren und Zähne zeigen reichte vollkommen.

Dann dauerte es wieder etliche Sommer, bis ihnen aufging, dass man auf diese Weise immer Fleisch greifbar hatte und nicht hungrig jagen musste, dank unserer Hilfe und hündischen Einfallsreichtums.

Wer heute die daraus entstandenen Kühe, Ziegen und Schafe zu uns befragt, merkt schnell, vor wem sie mehr Respekt haben. Sie wissen Bescheid. Hunde nehmen sie ernst, Menschen nehmen sie hin.

Inzwischen haben die Menschen das kapiert. Aber anstatt Viehzucht naturnah weiter zu betreiben, wie wir es ihnen gezeigt hatten, machen sie alles wieder zu kompliziert. Sie wollen die Tiere in riesigen Anlagen halten, wo es dem Vieh nicht gutgeht. Das Fleisch ist oft nicht frisch, sondern mit allem Möglichen vermischt und dazu noch in Blechrohre verpackt, die oben und unten zu sind. Kein Hund bekommt die ohne ihre Hilfe auf. Was für ein Aufwand!

Sie brauchen dazu Leute, die das Eisen aus der Erde holen, es mit Feuer verflüssigen, es wieder kalt werden lassen und platthauen, rollen, schneiden und so weiter, bevor sie das Fleisch reintun und für uns aufbewahren, bis wir Hunger haben. Alles viel zu kompliziert, jeder Hund kann das bestätigen.

Manchmal denke ich, Fido ist damals zu weit gegangen. Inzwischen haben die Menschen die halbe Erde mit Sachen vollgestopft, die kein Hund braucht. Klar, als Nebeneffekt kann hund sich vor einem Feuerplatz auf einem Schaffell zusammenrollen und hat immer etwas zu essen und zu trinken vor sich hingestellt, wie es sich gehört. Aber dieser enorme, weltverschlingende Aufwand!

Ich musste mal für kleine Hunde und sagte Lukas das. Wieder so eine Sache. Hinter einem räumen sie alles gleich weg, ohne auch nur daran zu schnuppern und festzustellen, wie es uns geht, ob wir gesund sind und was wir womöglich haben. Die Kommunikation unter uns Hunden stören sie damit ohnehin. Wie soll ich wissen, was man genießen kann oder, wenn ich nicht erfahre, was meine Mithunde hinterlassen?

Diesmal war es nicht anders.

»Komm, Jackie, wir machen eine kleine Runde durch den Park«, sagte er zu mir, als er aufgestanden war.

»Bin gleich wieder da, dann planen wir unser weiteres Vorgehen«, sagte er zu den Menschen am Tisch. »Jackie muss mal für kleine Hunde.«

Schon wieder diese Babysprache.

Im Park erschnüffelte ich sofort einen neuen Hinweis. Ein frischer Post besagte, dass ein dicker, hoher Mensch vorbeigekommen wäre, der zusammengerollten Rauch bei sich hatte und zu viel Fleisch aß. Ich zog Lukas, der sich wie immer gegen die Leine sträubte, an die beschriebene Stelle.

Mein Informant hatte recht gehabt. Nur war dieser Dicke nicht der Täter, er roch anders und lahmte links, wie ich seinen Spuren entnehmen konnte. Fehlanzeige. Ich postete das gleich neben den Fußabdrücken.

Hundert Schritte weiter fand ich plötzlich eine heiße Spur. Sie stammte von einer Menschenfrau, die kürzlich von dem dicken Totmacher besprungen worden war, sie roch immer noch nach ihm. Er lebte demnach hier in der Nähe; ich war wie elektrisiert von der Erkenntnis und teilte Lukas alles mit.

»Gib endlich Ruhe und mach dein Häufchen, Jackie«, stöhnte er nur. »Ich muss zurück ins Büro.«

Ich senkte meine Nase an den Boden und zeigte ihm, was

ich entdeckt hatte. Aber er machte einen weiteren Schritt in die falsche Richtung und stand jetzt völlig neben der Spur.

Ich hinterließ Nachrichten über diese neuen Hinweise an einem Baum und als Visitenkarte ein Häufchen, das Lukas gleich mitnahm. Keine Ahnung, wem er das zeigen wollte. Nach einer kurzen Weile vergaß er diese Aufgabe regelmäßig wieder, dann wurde ihm die Beweismitteltüte zu schwer und er hinterlegte sie in einem Korb. Vielleicht brachte jemand ja all diese Tüten zu einer Art Post-Sammelstelle, wo sie ausgewertet wurden, das hatte ich noch nicht herausgefunden. Meinen direkten Kontakten wurden sie so jedenfalls vorenthalten.

Ich sah mich um. Es wurde allmählich dunkler, die Sonne stand schon hinter den Baumspitzen. In einer Weile würde ich mich von Lukas nach Haus bringen lassen, ein wenig mit seinen Welpen spielen und sie erziehen, im Dorf nach dem Rechten sehen und mich dann vor der Feuerstelle zur Ruhe legen.

Ich dachte an Coco aus dem Dorf. Sie war heiß und hatte mich schon mehrmals eingeladen, ich war alles andere als abgeneigt. Nur hatte ihr Mensch das nicht verstanden. Er hatte die Tür aus Versehen so fest zugemacht, dass Coco nicht rauskam. Sie war nur draußen, wenn ich bei der Arbeit war. Zu blöd! Manchmal frage ich mich, ob die Menschen einfach nur zu doof waren oder ob sie so etwas mit Absicht machten. Ich meine, sie sind ja lieb und nett und freundlich, sie können kraulen und Spielchen mit uns machen, aber manchmal verstanden sie die einfachsten Dinge des Lebens nicht. Und der Liebe, um die ging es mit

Coco ja.

Wir waren zurück im Büro. Ich legte mich zum Nachdenken auf meine Decke. Der Fall beschäftigte mich weiter, Coco musste warten.

Wie konnten die Menschen das zulassen, dass einer von ihnen jemanden ermordete und dann unbehelligt herumlief und sogar etwas mit einem Weibchen hatte? Warum merkten sie das nicht?

Ich hatte jetzt mehrere Stränge, die ich weiterverfolgen konnte. Meine Freunde würden jetzt nach dem Dicken und nach seiner Sprungpartnerin suchen und mich sofort informieren. Da dieses Weibchen bei uns im Park spazieren ging, ohne Hund, der sie führte, musste sie ziemlich einsam sein. Dann kam sie womöglich noch öfter in den Park, damit sich ein Hund ihrer erbarmte und sie aufnahm. Obwohl eigentlich alle, die ich kannte, schon einen oder mehrere Menschen hatten; weitere Zweibeiner brachten nur Unruhe.

Sobald ich sie dort antraf, musste ich mir etwas einfallen lassen, damit Lukas ihr folgte und sie ihn zum Dicken führen konnte. Und dann musste ich ihm klarmachen, dass der Schweinefleischfreund der Täter war. Nur wie? Er verstand mich ja nicht gut genug. Ich würde mich auf meine Intuition verlassen müssen.

Ich hatte Zeit. Für mich war der Fall so gut wie gelöst. Bis ich die Menschen auf meinen Stand gebracht hatte, würde einige Zeit vergehen. Leider bin ich als Terrier nicht groß genug, um einen Menschen, der das Zehnfache wiegt und so hoch wie eine Tür ist, selbst festzunehmen. Ich seufzte. Ein Nachteil unserer Spezialisierung. Als Spezialist für Schnüffelei und Kombinationsgabe haben meine Vorfahren und ich andere Fähigkeiten aufgeben müssen, wie sie andere Polizeihunde hatten.

Ich kannte beispielsweise Mortimer gut, von der Hundeschule, einen großgewachsenen Schäferhund, der als Kämpfer Menschen innerhalb von Sekunden festnahm und abführen lassen konnte. Er hatte noch jeden zur Strecke gebracht. Vielleicht sollte ich ihn mal kontaktieren.

Bully fiel mir ein, der ebenfalls ab und zu hier arbeitete. Bully »Triefauge« Bluthund, dem noch nie eine Spur abhandengekommen war, selbst Wochen später nicht.

Was hätten wir für ein Team abgegeben! Mortimer und Bully als Oberkommissare, ich als Hauptkommissar, wir würden jeden hündischen und menschlichen Fall binnen Stunden geklärt haben. Klar, wir würden Fahrer und Versorger brauchen, aber dafür hatten wir die menschlichen Assistenten ja.

Nur hatten die beiden ihre eigenen Humanteams. Mortimer arbeitete mit einer ganzen Staffel von Spezialisten zusammen, die täglich trainierten. Einige Menschen mussten die Opfer spielen und ihnen dafür die dünnen Arme hinhalten, über die sie etwas gezogen hatten, damit es ihnen nicht zu weh tat. Was ihnen nicht geholfen hätte; Mortimer hätte in einem Sekundenbruchteil ihre Kehle erreicht und sie zur Strecke gebracht, aber so etwas lässt unser Kaninismus nicht zu.

Triefauge Bully hatte ich bisher nur zweimal als Partner

im Einsatz gehabt, ich hatte keine Ahnung, wo er zurzeit steckte.

Ich musste wohl oder übel mit meinen menschlichen Kollegen vorliebnehmen, Lukas, der ganz in Ordnung war, wie Menschen eben so waren, Svantje, die immer fröhlich war und im Ultravioletten sogar etwas schimmerte, und Hinnerk mit seiner qualmenden Kaustange. Auf der kaute er schon seit Monaten herum, es wurde Zeit, dass er mal wieder eine neue bekam. Aus irgendwelchen unerfindlichen Gründen verkohlte er darin Pflanzenreste; vermutlich eine Art Ritual. War er Priester? Oder es war eine Art von Betäubungsmittel, das er da inhalierte. Ich selbst goutierte den Geruch nicht.

Ich legte mich hin und belauschte im Halbschlaf, was meine humanen Helfer von sich gaben.

Eine halbe Stunde später ließ ich mich von Lukas nach Haus kutschieren, nachdem er Svantje bei ihrer Wohnung abgesetzt hatte. Sie wohnte mit einem anderen Weibchen zusammen, die beiden hatten sich gern, wie ich bemerkt hatte.

Zu Haus angekommen spielte ich mit den beiden Welpen, Ella und Onno, fangen. Ich lief ein paar Schritte weg und dreht mich um, sie kamen juchzend hinterher und fielen dabei oft um. Nicht mehr so häufig wie am Anfang, als sie noch kleiner waren, aber sicher laufen konnten so kleine Zweibeiner nicht. Ich verstehe ohnehin kaum, wie sich so ein kleiner Mensch mit winzigen Füßen, an denen eine Hülle aus Rinderhaut saß, und mit so einem schweren Kopf aufrecht zu halten vermochte. Das Rudern mit den Armen half ein wenig, aber meist lagen die Welpen auf der Nase und freuten sich noch darüber.

Ein Hundekind in diesem Alter wäre längst fähig zu jagen und schon längst selbst Vater oder Mutter. Menschen brauchen so unendlich lange, um erwachsen zu werden.

Und diese großen Köpfe! Ich habe mich schon oft gefragt, wozu die Natur mit solch wagemutigen Ideen experimentiert hatte. Kleine Schnauze mit stumpfen Zähnen; Ohren, die kaum etwas hören, abgesehen von den merkwürdigen Lauten, die ihre Besitzer mit ihren vielen Metallsachen erzeugten, und die ihnen wichtig zu sein schienen. Sie nannten das wohl Musik.

Eine Nase, die wie bei uns das Oberteil der Schnauze hätte bilden sollen, aber auf einen kleinen Zacken oberhalb des Mauls zurückgegangen war.

Riechen funktionierte oft nur bei dem ausgeprägten Gestank nach Pflanzenölen, mit denen sie sich aus irgendwelchem Aberglauben einrieben und besprühten.

Sehen, ich sagte es schon, war das Einzige, was passabel funktionierte. Aber dafür so einen großen und größtenteils kahlen Kopf mit sich rumschleppen? Und im Infrarot- und Ultraviolettbereich sahen sie nichts, auch das Magnetfeld nahmen sie nicht wahr. Jeder Vogel und jede Kuh beherrschte das.

Na ja. Was sie damit gut konnten, war Plappern, das lief den ganzen Tag. Sie hielten nicht nur mit dem eigenen Rudel Kontakt, sondern hatten jede Menge Reserverudel, mit denen sie jeweils andere Sachen unternahmen. Und für diese vielen Kontakte und das Geplapper mit ihnen brauchten sie so ein schweres Gehirn.

Die Welpen fand ich niedlich. Sie waren so tapsig und drollig, es machte Spaß, mit ihnen rumzualbern.

Nach einer Weile bekam ich Hunger und klapperte an meinem Topf herum, damit das Weibchen mir etwas zu essen gab. Sie bewahrten das für mich in einem speziellen Schrein auf, der meiner Nahrung mehr Wert verlieh. Manchmal passten sie nicht auf und vergaßen, mir das Mahl zu kredenzen.

Diesmal klappte es. Lisa, das Weibchen, servierte, Lukas nahm ich anschließend für mein Abendgeschäft mit nach draußen. Ich ließ mir Feuer im Kamin anmachen und legte mich auf mein Schaffell.

Morgen würde ich auf U-Tube oder über andere Posts mehr erfahren und der Aufklärung des Falls ein gutes Stück näherkommen.

KAPITEL 5

»Fassen wir zusammen«, sagte Lukas, als wir am nächsten Morgen wieder im Büro zusammensaßen. »Wir haben einen Toten, der im Marinearsenal gearbeitet hat. Da fahre ich gleich hin.«

»Darf ich mitkommen? Ich muss sowieso nach Wilhelmshaven, einkaufen«, fragte Svantje. »Wenn du zehn Minuten vor dem Laden auf mich warten könntest, Lukas?«

»Wird schon gehen«, fand der. »Wenn du mir zwei Dosen Hundefutter mit Wild und einen Beutel mit Kraftfutter mitbringst.«

Ich hob kurz den Kopf. Wild. Das klang gut. Dann würde ich ebenfalls mitfahren. Und zu sehen, wo der tote Mensch sich aufgehalten hatte, was sie Arbeit nennen, brachte womöglich etwas. Vielleicht war der Dicke dort.

»Wer hat Mehnert eigentlich gefunden?«, fragte Hinnerk, der alte Mensch, der dazu eigens seine Kaustange aus dem Maul genommen hatte. »Es lag ja eine Fußspur über den Fahrradspuren. Wenn das seine waren, können wir davon ausgehen, dass der oder die Täterin mit dem E-Bike zum Tatort gefahren ist.«

»Ein Bauer aus der Gegend, der ist hundert Meter weiter mit dem Trecker langgefahren und hat ihn dort liegen sehen. Der hatte Gummistiefel an, und die letzte Fußspur stammte von Gummistiefeln. Haben wir noch nicht überprüft, weil es eine handelsübliche Sorte war, könnte aber durchaus passen.« Lukas kratzte sich am Kopf; das tun Menschen öfter, wenn sie eine Erinnerung herauskitzeln wollen.

»Ach ja.« Er hatte es. »Stimmt. Die Spusi hat das überprüft, Johanna hatte mich angerufen, als ich im Park war. Steht nur noch nicht im Bericht.«

»Dann frage ich mich zwei Dinge«, berichtete Hinnerk. »Was wollte Mehnert da auf einer Weide bei Sillenstede, in der Mitte von nirgendwo? Da gibt es nichts zu sehen außer Gras und Prielen. Und warum fährt ihm ein Mörder mit einem Rad hinterher? Oder waren die zusammen unterwegs?«

»Du bist der Analyst«, erinnerte Lukas ihn.

»Genau.« Hinnerk nahm kurz seine Kaustange in den Mund und saugte daran, dann legte er sie wieder auf den Tisch. »Ich gehe von einem Liebespaar aus. Er hat da auf den abgelegenen Weiden eine Frau getroffen, die mit dem Rad gekommen ist. Was sollten die sonst da wollen, wo sie nicht gesehen werden? Ihr wisst schon. Es kam zum Streit. Ich spinne mal weiter«, kündigte er an.

»Er arbeitet beim Marinearsenal, vermutlich darf er eine Waffe tragen. Die war ihm dabei lästig, er hat sie in den Fahrradkorb gelegt. Vielleicht hatte er eine andere und wollte die Frau in den Wind schießen, oder sie war schwanger und er wollte sie zu einer Abtreibung überreden. Es kam zum Streit, sie greift zu seiner Waffe, peng, Totschlag im Affekt, sie erschrickt sich und haut ab.«

Er lehnte sich zufrieden zurück. Ich überlegte, was er mit in den Wind schießen meinte. Ich hatte so etwas mal auf einem Jahrmarkt in Bremen gesehen. Da war ein Mensch in eine Kanone gesteckt worden und in den Wind geschossen worden. Aber warum wollte der Tote das mit der Frau machen? Versteh das einer, was diese Wesen umtreibt.

»Könnte eine Anfangshypothese sein«, fand Lukas. »Dann wäre die Frau aus dem Dorf oder aus der Nähe, sonst wäre sie mit dem Auto gekommen. Das sollten wir überprüfen, wer dort so ein Rad hat. Schau doch mal auf E-Bay und Amazon, ob da jemand so etwas gekauft oder bewertet hat, wenn das geht, Svantje«, sagte er zu dem Weibchen. Dann wandte er sich wieder dem Alten zu.

»Wie ist der Mehnert da eigentlich hingekommen? Der hat doch sicher ein Auto. Dann müsste das da noch stehen, vielleicht finden sich da weitere Hinweise. Vielleicht sind da sein Handy und Laptop drin, fehlte beides in der Wohnung. Und wenn wir Glück haben, führen die Fahrradspuren am Auto vorbei. Dann wären wir schon ein gutes Stück weiter. Hinnerk, übernimm du das doch bitte, ich nehme Svantje mit nach Wilhelmshaven.«

Sie quatschten noch eine Weile weiter, ich hörte irgendwann nicht mehr zu. Eine Geliebte auf dem Fahrrad, tolle Theorie. Während der wirkliche Mörder, nämlich der zuckerkranke Dicke, hier sorglos in der Stadt rumlief.

Dann hob ich den Kopf. Der Dicke hatte doch vor Kurzem ein Menschenweibchen besprungen, das hatte nach ihm gerochen. Was, wenn es um Eifersucht gegangen war? Wenn der Tote die Frau vorher ebenfalls besprungen hatte und der Dicke das nicht so toll fand? Das kennen wir selbst auch, nicht nur die Menschen. Wenn einer ein Weibchen deckt, will er lieber der Einzige bleiben, der das geschafft hat.

Vielleicht waren sie zu dritt dort gewesen. Der Dicke war den beiden nachgeschlichen und hatte sie belauscht, dann den Nebenbuhler zur Rede gestellt, sich geärgert und ihn totgemacht? Weil er das Weibchen für sich haben wollte? Dann wusste das Weibchen darüber Bescheid. Es sei denn, es war ihr egal, von wem sie die Welpen bekam, Hauptsache, sie kriegte welche. Alles schon dagewesen. Selbst bei uns.

Ich hörte wieder zu, aber die Menschen waren bereits fertig.

»Komm, Jackie«, sagte Lukas. »Wir fahren mit Svantje zum Arsenal. Anschließend kaufen wir dir was Leckeres und fahren dann zurück nach Wittmund. Komm!«

*

Ich nahm standesgemäß im Fond Platz, während sich Lukas und die Pudelmenschin vorn auf den Kutschbock quetschen mussten.

Wir fuhren durch mehrere Sperren. Alles Menschenwerk, hier gab es außer Sprengstoffen, Diesel und Schmieröl wenig Lohnendes zu erschnüffeln. Ich konnte Lukas das Fragen überlassen, denn kundige Hunde hatte ich hier keine gesehen, mit denen ich hätte sprechen können.

Nach einigen Kontrollen wurden wir in ein Büro gebracht. Menschen suchten sich immer Orte aus, wo es nur nach Papier, Druckerfarbe und eben Menschen roch. Ich fragte mich, wie sie so jemals Fakten finden wollten. Vielleicht wollten sie sich einfach nicht von zu vielen Informationen ablenken lassen, wer wusste das schon.

Uns gegenüber an einem Schreibtisch saß ein älterer Mensch, den Lukas mit ›Herr Doktor‹ anredete, obwohl er gar nicht wie ein Mediziner aussah. Svantje sagte dagegen ›Herr Hering‹ zu ihm. Wenn ich mich nicht täuschte, war das doch ein Fisch; war das sein Totem? Manchmal wurde ich nicht schlau aus meinen Menschen.

»Wir möchten Sie wegen eines Herrn Mehnert befragen«, erklärte Lukas. »Er arbeitet laut Dienstausweis hier.«

Der Heringsmensch stand auf und ging ans Fenster. »Mehnert. Der ist nicht zum Dienst erschienen, ohne sich abzumelden. Ist was mit ihm? Oder warum fragt mich die Kripo nach ihm? Er hat doch nichts verbrochen, oder?«

Mit dem letzten Satz drehte er sich vom Fenster weg und sah Lukas in die Augen.

»Herr Mehnert ist ermordet aufgefunden worden, erschossen, mit einem Neun-Millimeter-Geschoss. Wir müssen mehr über ihn und etwaige Feinde und Gefährder wissen. Was können Sie mir über ihn erzählen? Hatte er eine Dienstwaffe?«

Der Fischmensch setzte sich wieder auf seinen Stuhl. »Der ist tot? Scheiße.«

Er drückte auf einen Knopf und sprach in einen Kasten. »Beckmann, komm bitte sofort zu mir. Eilt.«

Er sah wieder zu Lukas und Svantje. »Wissen Sie schon, wer das war?«, fragte er.

Auch wieder typisch Mensch. Lukas hatte ihm doch

gerade berichtet, dass es sich um Georg Mehnert handelte.

»Nein. Erzählen Sie uns bitte von ihm. Wie lange arbeitet er schon hier, was war seine Arbeit, wie war er so als Mensch? Wir würden nachher auch gern noch mit seinen Kollegen sprechen. Was wissen Sie über ihn? Hatte er Feinde?«, wiederholte er.

Der Hering lehnte sich in seinem Sessel zurück und strich sich über seine glatte und leicht dreieckige Stirn, die sich bis zum Hinterkopf hinzog. Hieß er wegen seines fischartigen Kopfes so?

»Ohne nachzusehen kann ich Ihnen sagen, dass er hier als Berater angestellt war, schon seit über zwei Jahren. Er war Mitte vierzig, meines Wissens ledig, hatte beim Bund Einsätze in Bosnien und Afghanistan. Er ist Waffenexperte und hat nach seinem Dienst erst bei Rheinmetall und dann in Israel bei Rafael gearbeitet, bis ihn die Verteidigungsministerin dort weggeholt und zu uns geschickt hat.«

Er schloss kurz die Augen. »Eine Dienstwaffe hat er meines Wissens nicht. Ich habe ihn auch noch nie eine tragen sehen.«

Lukas warf Svantje einen überraschten Seitenblick zu und gleich wieder zurück zum Fischmenschen. »Wen hat er denn wobei beraten?«, fragte er ihn.

»Seine Expertise war MELLS, das ist ein mehrrohrfähiges leichtes Lenkwaffensystem, das wir letztes Jahr angeschafft haben und auf den Schiffen noch nicht perfekt funktioniert.« Er seufzte. »Wie so vieles bei der Bundeswehr, von Hubschraubern und U-Booten bis zu Radfahrzeugen oder der Gorch Fock. Alles nur bedingt einsatzfähig. Man kann wirklich froh sein, wenn uns niemand angreift.«

»Ist das der Ersatz für das MILAN-System?«, fragte Lukas nach.

»Ja, für MILAN und TOW. Wie gesagt, es ist mehrrohrfähig, also wie eine Stalin-Orgel, und es durchbricht gegnerische Panzerungen und Flugabwehr wesentlich besser als die alten Systeme. Es kommt von Eurospike, das ist ein Joint Venture zwischen Rheinmetall, Diehl und den Israelis. Also Rafael«, ergänzte er. »Aber leider hakte auch da das eine oder andere. Deshalb haben wir jetzt bald mehr Berater als Soldaten, mehr kosten tun sie ja sowieso«, beschwerte er sich. »Was ich mit dem Geld alles auf die Beine stellen könnte!«

»War er täglich hier, oder eher sporadisch? Wie hat er sich mit dem kommandieren Offizier der Abteilung verstanden? Gab es da Kompetenzgerangel oder Mobbing?«, wollte Lukas wissen.

Ein Menschenrüde in Uniform klopfte kurz und kam herein. »Was gibt es, Kaleu?«, fragte er. »Du hast nach mir gerufen?«

»Beckmann, gut, dass du kommst«, sagte der Heringsmensch. »Georg Mehnert ist tot, ermordet. Wir brauchen einen neuen Ausbilder. Ruf mal in Kiel an. Bevor du gehst: Hatte Mehnert Feinde? Gab es Streitigkeiten mit irgendjemandem? Hatte er eine Waffe?«

Der Neuankömmling riss die Augen auf, was zur Folge hatte, dass ihm die Kinnlade runterfiel. »Georg ist tot? Das gibt es doch nicht.«

Auch wieder typisch für Menschen. Statt auf eine Frage zu antworten, glauben sie erstmal an gar nichts.

»Doch, gibt es«, bestätigte der Heringsmensch. »Wie kam er mit dem Bereichsleiter zurecht? Ivo Hübner?«

»Gut«, kam die Antwort, so schnell, wie wenn ein Mensch in den Wind geschossen wird. »Ivo hat ihn voll unterstützt, die beiden waren ein gutes Team.«

»Kanntet ihr euch persönlich besser?« Wie es schien, hatte der Mensch hinter dem Schreibtisch die Befragung übernommen. Lukas und Svantje sahen interessiert zu.

»Na ja, was heißt besser«, druckste der Mensch in der Tür herum. »Wir waren ab und zu mit den Kameraden abends ein Bier zischen, manchmal auch mehr, einmal waren wir in einem Club, da ist er aber abgezogen, bevor der Spaß losging«, erinnerte er sich. »Hat viel von seinen Einsätzen erzählt und von Forschung und Entwicklung, was moderne Waffensysteme angeht. Wir waren alle immer ganz gebannt. Mehr Leute wie er, und wir hätten diese ganzen Probleme nicht, Chef.«

»Was heißt das, bevor der Spaß losging?«, fragte der andere nach. »In was für einem Lokal wart ihr da?«

Der Mann hielt das Türblatt noch fester in seiner Hand. Das schien ihn anzustrengen, er wurde im Gesicht rötlich.

»Äh, so ein Nachtclub, in Hamburg, Namen habe ich vergessen. Da waren auch ein paar Mädels. Eins hatte sich zu ihm auf den Schoß gesetzt, da ist er ausgebüxt.«

»War Mehnert möglicherweise schwul? Wäre das immer noch ein Thema in Ihrer Einheit?«, schaltete sich Lukas ein. »Oder hatte er eine feste Freundin, einen Freund? Wissen Sie etwas darüber?«

Fast hätte ich meine Vermutung preisgegeben, dass der Tote mit der gleichen Frau ein Verhältnis hatte, die sich auch mit seinem Totmacher eingelassen hatte. Aber niemand achtete auf mich.

Der Neuankömmling kam jetzt ganz herein und schloss die Tür hinter sich. Er legte sich die Hand in den Nacken und rieb sich seinen Fellansatz. »Also, da hat er nie drüber gesprochen. Er war nett zu uns, aber dass er einen anders angekuckt hätte, wäre mir nicht aufgefallen. Eher nicht schwul, der hat schon mal dem einen oder anderen Rock hinterhergekuckt und sich die Lippen geleckt, wenn ich mich recht entsinne.«

»Wer könnte das wissen? Wer kannte ihn besser?«, fragte jetzt der Hering.

»Eigentlich alle gleich gut«, befand der Mann. »Er ist ja immer sofort zurück nach Wittmund, wenn nichts weiter war. Der lebte für seinen Job, nicht für die Freizeit. Meist war er zehn, zwölf Stunden hier, manchmal noch länger.«

Der Mann hinter dem Schreibtisch stand auf und öffnete das Fenster. »Bleibt noch die Frage nach einer Dienstwaffe. Hatte er eine?«

»Keine Ahnung«, sagte der andere. »Nie eine bei ihm gesehen.«

»Ist gut, Beckmann, das wär's erstmal. Hör dich um, frag die anderen das gleiche. Wenn euch was einfällt, lasst es mich wissen. Ich informiere dann die Polizei.«

Der Mann nickte, verabschiedete sich und ging hinaus.

Lukas beobachtete den Hering einen Moment lang, der versonnen aus dem Fenster sah, bevor er sich hinter seinen Stuhl stellte.

»Kannte Mehnert sich auch mit anderen Waffensystemen aus? Mit was kam er hier in Berührung? Hatte er eine bestimmte Geheimhaltungsstufe?«

Der Hering studierte Lukas' Gesicht. »Sie denken doch nicht etwa an Verrat? Geheimdienstliche Tätigkeit?«, fragte er.

»Wir ermitteln in alle Richtungen. Wir dürfen keine Möglichkeit ausschließen«, erklärte Svantje, die so aussah, als ob sie sich diesen Satz schon lange zurechtgelegt hätte und ihn endlich mal anwenden konnte.

Der Mann setzte sich wieder. »Tja. Wir als Arsenal kommen hier mit allen maritimen Waffensystemen und anderer Technik in Berührung, für deren Wartung und Reparatur sind wir ja da. Wir sind schon eine ausgezeichnete Schnittstelle, wenn man über alle aktiven und passiven Systeme Bescheid wissen will, über alle Sensoren und Effektoren, die wir einsetzen.«

»Effektoren sind das, was beim Gegner einen durchschlagenden Erfolg bewirkt, oder?«, fragte Lukas. »Geschosse?«

Der Mensch nickte. »Unsere Berater werden auf Herz

und Nieren geprüft. Und bei Rheinmetall oder Rafael war er viel näher dran an den Geheimnissen der Technik. Spionage bringt hier nichts, da war er drüber erhaben, denke ich.«

»Vielleicht wollte jemand von ihm wissen, wie gut oder schlecht es um die Kampfbereitschaft der Bundeswehr steht«, stellte Svantje in den Raum. »Die Gegner wägen doch ständig das Kräfteverhältnis ab, für alle Fälle. Stärken schwächen und Schwächen stärken oder so.«

Der Mann hinter dem Schreibtisch sagte gar nichts und starrte Lukas an.

»Ich werde eine Überprüfung durch den MAD veranlassen«, kündigte er an. »Für alle Fälle, auch wenn ich nicht daran glaube. Falls sich daraus etwas ergibt, lasse ich Sie das wissen. Dann fragt sich allerdings immer noch, wer ihn weshalb erschossen hat. Kann ich Ihnen sonst noch helfen, oder war es das?«

»Wir würden gern noch mit seinem Team sprechen, vielleicht weiß ja jemand etwas. Ist das möglich?«

Der Mann stand auf. »Ich werde sie ankündigen, Sie werden gleich abgeholt. Okay?«

Der Hering kam um seinen Schreibtisch herum und wandte sich mir zu. Wie alle Menschen hatte er etwas Angst, was ich sofort roch, und versuchte, mich durch Nackenkraulen freundlich zu stimmen. Leider sind die meisten von uns dafür zu haben, etwas Bestechlichkeit im Dienst an der Grenze des Erlaubten.

»Na, Kleiner?«, sagte er. »Wollen wir mit Herrchen einen

Fall lösen, Spürnase?«

»Wie heißt er denn?«, fragte er Lukas.

»Jackie«, antwortete mein Mensch, den er Herrchen genannt hatte. Was so etwas wie kleiner Rüde bedeutete. Dabei war Lukas so hoch wie eine normale Tür.

»Er hat uns schon bei vielen Fällen geholfen. Es gab mal eine Spionagegeschichte in Kiel, da wollte eine Gruppe von Russen U-Boot-Pläne klauen. Ohne Jackie hätten wir den Fall des ›Aderkillers‹ niemals aufgeklärt. Sie sehen, er kennt sich aus mit Spionage bei der Marine.«

Ich lächelte ihn an und wedelte ihm frische Luft zu. Immerhin einer, der meinen Wert zu schätzen weiß.

»Und nun willst du den Mörder von Mehnert fangen?«, fragte der Heringsmensch und kraulte weiter, während es an der Tür klopfte und ein Mensch in Uniform eintrat.

»Ah, Weber, da sind Sie ja«, sagte der Krauler und richtete sich auf. »Bringen Sie die drei zu Ihrem Team. Mehnert ist erschossen worden, die Kripo hat dazu noch Fragen. Bitte helfen Sie ihnen nach Kräften.«

Ein paar Minuten später befanden wir uns in einem Raum mit sehr vielen Menschen und außer mir keinem einzigen Hund. Wie sollte ich unter diesen Umständen vernünftig ermitteln? Ich musste diesen Teil Lukas und Svantje überlassen und aufpassen, ob ihnen womöglich etwas entging.

Lukas und Svantje stellten viele Fragen zum Privatleben von Mehnert, zu seinem Verhältnis zu den Kollegen, zu Auffälligkeiten, die andere bemerkt hatten.

Keiner wusste etwas, aber ich roch und hörte, dass sie alle die Wahrheit sagten. Er wäre in der Arbeit aufgegangen, hätte lange gearbeitet, wäre spät nach Haus gefahren und früh zurück zur Arbeit gekommen. Wenn er etwas erzählt hatte, das nicht mit seiner Tätigkeit zu tun hatte, dann aus seinen Erlebnissen in den Krisengebieten. Über sein Privatleben wusste niemand etwas, die meisten bezweifelten, dass er eines hatte.

Ich war hier fertig und ließ mich von Lukas zurück ins Büro kutschieren.

KAPITEL 6

Als Lukas und die anderen etwas zu Mittag gegessen hatten und ich ebenfalls satt war, ratzte ich noch eine Weile. Menschen sind unruhige Wesen, sie müssen sich eine Stunde lang ansprechen und über dies und das reden, ohne groß weiterzukommen.

Schließlich hatte ich meinen Rüden so weit, mich auf meiner nächsten Dienstrunde durch den an mein Revier angrenzenden Park zu begleiten.

Schon am ersten Pfahl wurde ich fündig. Trippel X hatte eine Nachricht hinterlassen, einer meiner Agenten in der Gegend. Er war ein kleiner Hund mit X-Beinen, der nicht schnell laufen konnte, aber in seinem ständigen Trippelschritt insgesamt fast genauso fix vorwärtskam wie wir anderen. Trippel X war äußerst wissbegierig und findig; aufgrund seiner Größe kam er überall hin, und er hatte sein Menschenweibchen so gut im Griff, dass es ihm nahezu immer folgte.

Er hatte insgesamt drei Nachrichten gepostet.

Pass auf, Jackie, ich weiß, wo das Weibchen wohnt, das du suchst, und das dicke Männchen habe ich auch gesehen, hatte er als erstes gesprüht.

Das Weibchen wohnt hinter dem Haus mit dem gelben Kasten über unserem U-Tube-Kanal, war der Anfang des zweiten Posts. Der Dicke hat da in der Nacht hingepinkelt. Vorsicht! Konzentrierte Harnsäure, stinkt nach Alkohol.

Das waren schon mal brauchbare Hinweise. Ich dankte

Trippel X mit einer kurzen Botschaft.

Hoffentlich ist mit Mia alles in Ordnung, lautete seine dritte Nachricht. Ich versicherte ihm das.

Sie wohnt gegenwärtig bei Nino und nutzt denselben Versorger, sprühte ich zurück.

So weit, so gut. Lukas stand nur da und sah mir zu. Ich zog ihn zu meinem nächsten Ziel.

Auf der anderen Seite des Parks hatte Teddy eine Botschaft hinterlassen, ein Yorkshire-Terrier, der etwas übergewichtig war und nicht mehr gut sehen und hören konnte; riechen tat er dafür prima.

Habe den dicken Menschen hier langgehen gerochen, bei meiner Nachtrunde. Nach Mondaufgang. Hatte getrunken und wankte. Er, nicht ich. Kam aus einer Trinkstube, ging zum gelben Kasten. Sucht mal vor dem Lokal, er muss da ja von irgendwo hergekommen sein.

Ach ja, Leonie ist läufig, falls es einen interessiert.

Das war ein langer Post für einen so alten Hund. Wahrscheinlich hatte er dafür alles aufgespart. Ich wusste, dass er seinen Menschen häufig zu der Trinkstube führte, damit der dort etwas zu saufen bekam. Meist dieses vergorene Zeugs mit Schaum, das sie gern zu sich nehmen, um sich dann noch schlechter auf zwei Beinen zu halten als vorher. Für Hunde rate ich von diesem Zeugs ab; man wird davon rammdösig im Kopf.

Wer war Leonie? Die kannte ich noch gar nicht.

Jetzt hatte ich eine Menge Spuren. Ich sprühte meinen Antwortpost direkt über seinen.

Danke, Teddy, bringt mich vorwärts. Wer ist Leonie? Wo wohnt sie? Welche Rasse? Hinweise gern an die nächste Polizeidienststelle, pinkelte ich dazu. Etwas Autorität spielt bei der Partnersuche eine große Rolle, wie jeder Hund weiß.

Der Fall war so gut wie gelöst. Ich musste nur meinen Lukas dazu bringen, mir zum gelben Kasten zu folgen, diesem Ding, in das die Menschen ihre gefalteten Papiere reinschieben.

Sie haben überhaupt die Angewohnheit, immer irgendetwas in irgendwelche Behälter zu werfen. Das meiste Papier, altes und auch neues, kommt in blaue Boxen, weißes meist in die gelben. Ein hellblaues Blatt hatten Lukas und Lisa mal feierlich in einen Holzkasten mit Schlitz geworfen, in dem schon hunderte anderer solcher blauen Zettel gelegen hatten. Das wurde sogar von drei weiteren Menschen überwacht.

Ich finde es ja toll, dass sie hin und wieder ihren Müll anständig entsorgen, aber so kompliziert? Mit drei Müllwächtern? Lukas hatte dazu sogar einen Ausweis mitgebracht und sich eine hübsche Jacke angezogen. Versteh das einer.

Die gelbe Box, auf die Trippel X sich bezogen hatte, lag östlich des Schlossparks am Dohuser Weg. Durch den Park kam ich fast jeden Tag; östlich davon lag ein Lagersilo, in dem kranke Menschen gelagert wurden. Dahinter waren die Häuser von ein paar Schamanen, die weiße Kleider trugen und den Zweibeinern in den Mund sahen oder mit Schläuchen, die sich ins Ohr steckten, die Töne aus ihrem Inneren anhörten. Wahrscheinlich eine Art magische

Beschwörung.

Es gibt auch Hundeschamanen, die merkwürdige Sachen mit uns anstellen. Die interessieren sich auch für das, was wir in Würstchenform von uns geben; womöglich sind sie die einzigen Menschen, die das lesen können, und sind deshalb in die höhere Kaste der Schamanen aufgenommen worden.

Bei diesen Tempeln stand der gelbe Kasten. Dahinter kamen dann etliche Häuser, in denen vor allem einsame Menschen untergebracht waren; nur wenige waren von Hunden mit ihren Helfern bewohnt. Dort musste diese lebhafte Frau hausen.

Wir waren jetzt in der falschen Ecke des Parks, wir mussten nach Osten. Ich sagte Lukas das, aber er verstand wieder nur Bahnhof. Also zerrte und japste und zog ich, bis er mir endlich folgte.

Eine Methode, Menschen dazu zu erziehen, einem zu folgen, ist das sogenannte Lösen. Man wartet mit der Kotabgabe so lange, bis man den Platz erreicht hat, an den man will, um dort Posts zu lesen, läufige Damen zu treffen oder was man sonst so vorhat.

Frühere Kollegen von uns haben das mit einem Menschen namens Pavlov durchexerziert, weshalb das Ganze heute Pavlovsche Konditionierung heißt.

Irgendwann merken die Menschen, die wir führen, aha, mein Hundeherr will da und dort hin, vermutlich möchte er da kacken, und schon folgen sie einem. Dann erledigt man sein Geschäft, quasi als Belohnung, die sie gern an sich nehmen und in eine geweihte Tüte tun. Nur dass sie anschließend alles wieder in eine Sammelbox werfen, was für unsere hündische Kommunikation keinen Sinn macht. Wie auch immer, durch diese Belohnung werden sie konditioniert, genau das zu tun, was wir von ihnen verlangen.

Lukas hatte ich ähnlich erzogen. »Nun mach doch endlich mal, Jackie, ich muss zurück ins Büro«, sagte er, folgte mir aber. Ich musste dringend, sparte mir mein Geschäft jedoch für die gelbe Box auf. So eine Konditionierung von Menschen muss regelmäßig aufgefrischt werden.

Als wir dort waren, eine Gegend ohne viel Grün, roch ich etwas, das meinen Lukas interessieren und auf die richtige Spur bringen würde: Pflanzenteile in Papier, die nach Menthol rochen.

Ich zog ihn dorthin und schnüffelte ausgiebig daran. Das gleiche Zeugs hatte bei dem Aas gelegen, das musste er doch merken!

»Was willst du denn mit der Scheiß-Kippe, Jackie, friss die bloß nicht«, versuchte er mich zu ermahnen. »Komm, wir gehen dahinten hin, da ist Gras, das brauchst du doch immer für dein Häufchen.«

Ich blieb stehen und schnüffelte weiter, obwohl er schon wieder ungeduldig an seiner Leine zerrte.

»Oh, warte mal«, schnallte er es endlich. »Das ist doch eine von diesen Marlboro Mentholzigaretten, oder? Wow! Guter Hund, Jackie!«

Ich hatte ja schon von den Boxen berichtet, in die sie

vieles werfen. Ähnlich ist es mit Tüten. Sie haben für alles Tüten. Für Suppen, für kleine Brote, für Kot und für Dinge, die sie aufheben wollen und die nicht gleich in eine Ablage wandern. Tüten sind so etwas wie Sammelboxen-Vorläufer, denn irgendwann kommen auch die Tüten in irgendwelche Kisten oder Tonnen. Lukas zog eine davon aus seiner Tasche und griff damit nach dem abgebrannten Pflanzenzeug, dann steckte er die Tüte auf links gezogen wieder ein.

Das hatten wir erledigt; Zeit für meinen Schönheitsschlaf im Büro. Ich drückte vor dem Kasten ab, Lukas holte eine andere Art Tüte raus, packte mein Produkt ein und wir marschierten los. Hoffentlich wirft er nicht die falsche Tüte in die richtige Box und umgekehrt, dachte ich noch, aber er hatte aufgepasst.

Zurück im Büro übergab er das kleinere Tütchen dann einem der Weibchen, Johanna. Also das Tütchen mit den Pflanzenteilen, mein anderes hatte er unterwegs in eine dieser Sammelboxen gelegt. Sie freute sich, als ob er ihr ein kostbares Geschenk gemacht hätte.

Das Geheimnis der Sammelboxen werde ich mir zu einem späteren Zeitpunkt mal vornehmen.

Ich legte mich auf meinen Thron, stellte ein Ohr auf Durchzug und lauschte im Halbschlaf, was die mir anvertrauten Menschen als Nächstes vorhatten.

»Ich weiß manchmal nicht, was ich ohne meine Spürnase täte«, gab Lukas von sich. Hat sich was mit deiner Spürnase, dachte ich. Das war immer noch ich, mit deinem kleinen

Riechzinken kannst du bestenfalls erkennen, wann die Pizza im Ofen angebrannt ist.

»Die Spurensicherung wird das sicher bestätigen«, fuhr er fort. »Das sind die gleichen Mentholzigaretten wie am Fundort der Leiche, wieder mit Lippenstiftspuren. Ich denke, wir sollten den Ort mal überwachen. Entweder geht die Frau da zum Arzt, sie besucht jemanden in der Klinik oder sie wohnt da. Weiß einer, ob es da Überwachungskameras gibt?«

Hinnerk, der ältere Mensch mit den weißen Fellresten am Kopf, stand auf. »Ich gehe mal rüber zum Verkehr und dann fahre ich da gleich mal selbst hin, wenn das recht ist. Der Klinikbereich wird mit Sicherheit überwacht. Ich muss sowieso mal raus.«

Die anderen beiden nickten. Sie wussten schon, was er wollte. In seiner Kaustange brannte er Pflanzenteile ab, ähnliche wie in der Papierrolle, die ich gefunden hatte. Vielleicht gab es da eine Verwandtschaft oder dieselbe Quelle für dieses Material.

Hinnerk hatte von Verkehr geredet; Menschen sind da manchmal völlig unklar in ihren Aussagen. Mit Verkehr und Stoßverkehr meinten sie entweder die Kutschen auf den Wegen, eine Abteilung hier in meinem Büro oder etwas ganz anderes. Das spielte sich meist in geschlossenen Kammern ab; hatte das was mit diesen Kameras zu tun? Ich war zu schläfrig, um das in aller Konsequenz bis zum Ende durchzudenken.

»Svantje, könntest du bitte die Drogeriemärkte in der Stadt abklappern? Wenn das ein seltener Lippenstift war, gibt es ihn womöglich nur an einer Stelle. Die haben doch oft Kameras an den Kassen, vielleicht findest du die Frau da. Ich selbst werde mich mit dem MAD in Verbindung setzen.«

Die Pudeldame stand auf, lächelte ihn an und ging raus. »Passt«, sagte sie. »Muss ich sowieso mal hin.«

Was Lippenstift war, wusste ich. Ich hatte als Junghund mal einen gefressen, was meinem damaligen Menschen, der deswegen Ärger mit einem Weibchen bekommen hatte, gar nicht gepasst hatte. Menschenweibchen bemalen sich damit das Maul, oft in auffälligen Farben. Entweder wollten sie so bedrohlicher wirken, weil die Weibchen meist kleiner sind als die Männchen, oder das funktionierte ähnlich wie bei einem schönen Stück Aas, in dem hund sich gerne wälzt; eine Markierung, damit man anders wahrgenommen wird.

Für uns ist das auf der Jagd hilfreich. Ein Kaninchen käme nie auf den Gedanken, beim Geruch von Aas an einen Jäger wie mich zu denken. Vielleicht war das bei den Menschenweibchen ähnlich, auch ihre Jagd hatte auf diese Weise mehr Erfolgschancen. Denn meist verwenden sie starke Gerüche, damit man sie nicht an ihrem Eigengeruch erkennen kann. Das hatte eindeutig etwas mit der Jagd zu tun.

Nur habe ich noch nie ein Menschenweibchen mit einer Rehkeule oder einem Frischling in der Hand von einer erfolgreichen Jagd zurückkommen sehen.

Andererseits legen sie diese Jagdhilfen meist ab, sobald

sie mit Welpen unterwegs sind, in diesen Mini-Rollkutschen, oder mit dem Welpen an der Hand. Versteh das einer. Na ja, die Welpen können noch nicht laufen, die würden sofort umfallen, mit ihnen fällt das Jagen schwer.

Lukas hatte eines dieser Kästchen in der Hand, in das man hineinsprach und wo dann eine andere Stimme rauskam, eine Art Orakel. Man stellte eine Frage und bekam eine Antwort, die man nicht verstand.

»Hä?«, rief Lukas gerade. »Was soll das heißen, Sie können mir dazu keine Auskunft erteilen? Der Mann ist ermordet worden, ich muss die Gründe dafür kennen!«

Er hörte dem Orakel weiter zu.

»Geheim? Ich will doch nur wissen, ob er entweder für Sie gearbeitet hat oder ob er bei Ihnen bekannt war. Das ist nicht zu viel verlangt.«

»Kann ja sein, dass Sie da selbst ermitteln. Sie sollten mir Ihre Ergebnisse mitteilen. Der Mann ist in meinem Beritt ermordet worden, das ist mein Fall.«

Es ging eine Weile so weiter, dann legte Lukas den Kasten weg und murmelte etwas von einem Arschloch. Das Orakel hatte anscheinend nichts gebracht.

Sein Kasten klapperte schon wieder auf dem Tisch herum und machte ein Geräusch. Lukas nahm ihn hoch. Diesmal erkannte ich die Stimme von Hinnerk. Man kann mit diesen Geräten miteinander sprechen; ich träumte von dem Tag, an dem mit solchen Kästchen Urin übertragen werden konnte. Andererseits mussten wir dann weniger laufen, was nicht gut für die Gesundheit wäre. Somit brauchten wir das nicht.

»Die Klinik hat eine Kamera, sagst du? Ja, ist okay, sieh dir das in aller Ruhe an. Und frag mal nach dieser Marke, Blue Fresh, wenn du mal wieder Tabak kaufen gehst. Vielleicht hat die ja noch jemand auf Lager und kennt die Käuferin. Bis nachher dann.«

Lukas klappte sein Gerät auf, mit dem er seine Finger geschmeidig hielt, und klapperte darauf herum.

Ich wusste schon, es würde eine Weile lang nichts passieren. Bis die beiden anderen zurückkamen, würde es dauern. Hinnerk nutzte die Gelegenheit sicher dazu, sich ausgiebig mit seiner Kaustange zu befassen; ich konnte ihn gut verstehen, ich kaute ebenfalls auf einer herum, nur ohne den ekligen Rauch. Und Svantje, die Pudelartige, würde sich in den Häusern, in denen so viele Sachen herumlagen, diese Jagdbemalung ansehen. Ich wusste von dem Menschenweibchen zu Haus, dass so etwas sehr lange dauern konnte.

Zeit, sich eine Weile hinzulegen und die Spurenlage im Kopf im Halbschlaf zu einem Muster zu ordnen.

KAPITEL 7

Als ich wieder aufwachte, war der Raum leer. Die Tür war nur angelehnt, und ich ging raus auf den Gang des Backsteingebäudes. Ich hörte, wo sie alle waren, in einem größeren Raum, in dem sie durcheinander bellten. Auch hier stand die Tür offen, ich ging rein und setzte mich neben die Tür.

Die Menschen beachteten mich nicht weiter. Ich bemerkte aber die Stimmung im Raum; waren sie jetzt angespannter, weil der Hundehauptkommissar sie observierte?

Gerade sprach ein kleineres Weibchen mit kurzem gelbem Kopffell und hellblauen Augen.

»Kollegen, ich habe mir von seinen Kommandeuren berichten lassen, wie Mehnert als Soldat war. Beide sagten, er wäre als Artilleriespezialist völlig in seinem Job aufgegangen. Ist immer sehr fokussiert in den Einsatz gegangen. In beiden Nato-Einheiten, in denen er gedient hat, war er Top Scorer, so eine Art Torschützenkönig des Militärs, besser als die amerikanischen Kollegen. Feinde oder Stress hat er dort nicht gehabt. Von Geheimnisverrat oder Kontakten zu Drittmächten ist nichts bekannt. Ihr Verdacht hat sich da nicht bestätigt, Herr Jansen.«

Sie sah meinen Lukas dabei an, der eine Schnute zog.

Neben dem Weibchen beugte sich ein älteres Männchen vor und trug etwas zum Gespräch bei.

»Nach seiner Rückkehr war er eine Zeit lang Ausbilder,

und zwar auf einem Schießplatz bei Meppen, gar nicht so weit von hier. Ich war dort und habe das Personal da nach ihm befragt, allerdings waren da alle einsilbig und ausweichend. Das schwankte zwischen Kommentaren wie ›Top-Ausbilder, wusste, was er tat‹ und ›Tja, der Mehnert. Schon speziell, der Typ‹. Mehr war aus den Leuten nicht rauszuholen.«

Lukas selbst trug vor, was er in Wilhelmshaven erfahren hatte, obwohl das, wie er sagte, ja schon in der Akte gestanden hätte.

Zum Schluss stand ein Mann auf, der viele Metallteile auf seiner Bekleidung hatte, auf den Schultern, auf der Brust und an den Ärmeln, neben bunten Fähnchen, die da und dort angebracht waren.

Er bat um Aufmerksamkeit und erinnerte die Menschen daran, dass sie über das, was er berichten würde, nichts erzählen dürften. Als ob Menschen sich jemals an so eine Weisung hielten! Ich meine, wir sind auf U-Tube ja auch ganz schön aktiv, aber Menschen? Die sind den ganzen Tag am Sabbeln, und wenn sie mal etwas wissen, von dem andere noch nicht gehört haben, dann erst recht. Womöglich dient das ihrem Aufstieg im Rudel, wer weiß.

Ich hörte kaum zu. Es ging um technische Details, um Dinge, die nicht gut riechen und gefährlich sind. Sachen wie die Knallrohre, nur größer. Da fliegen dann Metallstücke durch die Gegend und durchbohren Häuser und Lebewesen, oder es platzt was, und durch die Druckwelle geht alles ringsherum kaputt. Was da in der Nähe lebt, ist dann meist gleich tot. Typisch menschliche

Spielzeuge eben, mit denen sie noch mehr kleinkriegen als durch ihre sonstige Tätigkeit.

Dann fielen Worte, die meine Ohrenspitzen nach oben zogen. Der metallbesetzte Rüde erwähnte eher beiläufig ›tote Wölfe‹.

Jetzt hatte er meine volle Aufmerksamkeit, aber er war schon wieder woanders. Trotzdem hörte ich mit gespitzten Ohren zu.

»Mehnert war ein Perfektionist. Bei ihm musste jeder Schuss sitzen, etwas anderes gab es nicht. Da gab es dann auch mal Kollateralschäden. Schon damals in Afghanistan ist da mal was danebengegangen, das ist nicht geheim und stand bekanntlich in der Zeitung. Er war jemand, der sein Ziel eisern und ohne Rücksicht auf Verluste verfolgte. Ich könnte mir vorstellen, dass unter Betroffenen Rachemotive vorliegen könnten, aber das ist reine Spekulation. Seinen Weg säumten jedenfalls sprichwörtliche und auch echte Leichen, viele Menschen, die sich auf den Fuß getreten fühlten, Leute, die wegen ihm oder, wie er sagte, wegen Unfähigkeit gefeuert worden sind. Das ist spekulativ, ich könnte mir aber vorstellen, dass Sie da suchen und etwas finden könnten. Mehr darf ich Ihnen dazu leider nicht sagen.«

Der Mensch setzte sich wieder. Eisern, hatte er gesagt. Etwas mit Metall, wie er selbst an der Jacke trug. Gab es da einen Zusammenhang? Und es waren Leute gefeuert worden. Hatte das nicht auch jemand bei dem toten Menschen gesagt, dass der die Frau in den Wind geschossen hatte, wie damals auf dem Jahrmarkt in Bremen?

Was mich wieder auf das Menschenweibchen erinnerte, und an den Dicken, die Lukas beide noch nicht gefunden hatte. Von dem Dicken ahnte er nicht einmal etwas.

Stattdessen saß er hier mit anderen Menschen zusammen und palaverte. Dennoch sollte niemand meinen Lukas unterschätzen; ich hatte ihn gut erzogen. Er fragte nach.

»Wo war das mit den Wölfen, Herr Stabshauptmann?«, sagte er. »Können Sie uns mehr darüber sagen?«

Der andere antwortete im Sitzen. »Nein, leider nicht, das habe ich nur am Rande mitbekommen. Das war auf dem Schießplatz Meppen. Vielleicht wissen die Kollegen dort was. Oder die lokalen Umweltschützer, die Lokalzeitung. Tut mir leid.«

Die Menschen im Raum redeten drei geschlagene Stunden lang weiter, wie sie das immer tun, sobald sie in einem größeren Rudel zusammen sind. Jeder will dabei eine gute Stellung im Rudel ergattern, selbst wenn sie anschließend gar nicht gemeinsam jagen gehen. Obwohl zwei von den Weibchen ihre Jagdbemalung angelegt hatten. Wie gesagt, Menschen. Wir hätten uns kurz beschnüffelt, hätten gewusst, was zu tun ist, und wären losgelaufen.

Ob das daran lag, dass sie nur auf zwei Beinen laufen konnten? Saßen sie deshalb so viel herum? Tat das weh?

Schließlich sagte Lukas etwas von Futter, was bedeutete, dass er mir jetzt mein Abendessen servieren würde. Die Menschen selbst würden sich ebenfalls etwas besorgen, aber zuerst bekam ich mein Essen.

Als Polizist bin ich bescheiden. Klar, das gammelige

Eichhörnchen, in dem sich schon frisches Leben tummelte, wäre mir lieber gewesen, vielleicht auch eine steifgefrorene Maus, auf der hund wunderbar rumkauen kann, aber Dienst ist Dienst. Hier begnügte ich mich mit aufbereitetem Frischfleisch aus Blechrohren, die Lukas für mich aufmachte und zusammen mit frischem Wasser servierte.

Er selbst musste sich mit einem Weizenfladen zufriedengeben, auf dem vergorene Milch, ein paar Pflanzenteile und Wurststücke lagen, mit zu viel Salz und Gewürzen. Zu trinken hatte er ein Glas mit diesem Getreideschaumgetränk, das gute Wasser hatte er für mich aufbewahrt. Die beiden Weibchen, die mit uns im Raum saßen, fraßen etwas Ähnliches, tranken aber konzentrierte schwarze und eiskalte Säure mit extrem viel Zucker darin, wie ich riechen konnte. Abfälle. Na ja, sie waren ja auch nur Helfer, vermutlich musste das Zeug weg.

Hinnerk trank nur von dem anderen schwarzen Zeug, das entstand, wenn sie ganz heißes Wasser auf halbverbrannte und zerdrückte Pflanzensamen gossen, als ob das ungenießbar heiße Wasser die ungenießbare Bitterkeit des Pflanzenmehls ausgleichen würde. Dazu knabberte er von einem gepressten Kleinfladen aus Getreide, Nussbrocken, etwas giftigem Schwarzen, vor dem Lukas mich immer warnte.

»Wir müssen morgen nach Meppen«, mampfte er zwischen zwei Happen. »Wenn das stimmt, was der Mann vom MAD da erzählt hat, wird Mehnert sich da Feinde gemacht haben. Fragt sich bloß, wie wir das rausfinden können.«

Er biss an der Stelle von seinem Brocken ab, wo besonders viel von dem schwarzen Zeug dran war. Ob er das vertrug? Lukas hatte etwas von einem Theo erzählt, der da drin stecken sollte, Theo Bromin. Ich sollte seiner Meinung nach nichts davon essen. Wäre mir auch nicht eingefallen, wenn da was Menschliches drin war. Außerdem war auch darin zu viel Zucker und Fett, wie ich riechen konnte.

Nach dem Essen fuhren wir nach Haus. Die Welpen schliefen schon, ich kuschelte ein wenig mit Lisa, dem Alphaweibchen, bevor ich mich hinlegte. Morgen war auch noch ein Tag.

*

Am nächsten Morgen erinnerte der Leuchtturm, wie Lukas die Pudeldame nannte, uns an den Schießplatz und die Wölfe.

»Gut, Hinnerk und ich fahren da hin. Svantje, kannst du die Stellung hier halten und die anderen Spuren verfolgen, Spusi, Rechtsmedizin, Ballistik und so?«

Die Pudeldame nickte, während sie auf einer Art grünem Keks kaute.

Zehn Minuten später waren wir unterwegs, ich hinten, Lukas musste lenken, Hinnerk hatte ein Fenster geöffnet, damit ich frische Luft bekam, und beobachtete die Wildvorkommen unterwegs. Ihre kleine Jagdwaffe hatten beide dabei, einen Halt für eine Hatz machten wir unterwegs trotzdem nicht. Ich spürte langsam ein hündisches Regen; hoffentlich dauerte die Fahrt nicht zu lange.

Nach gut anderthalb Stunden hielten wir an einem Schild an einer kleinen Straße an. Dahinter erstreckte sich eine Landschaft aus Wasser, Gräsern, ein wenig Buschwerk, Kraut und kaum Bäumen. Wenig Plätzen, um eine Nachricht zu posten.

Ich nahm den Pfosten des Schildes als Ersatz. Moin, Leute, sprühte ich. Hier soll was mit Wölfen gelaufen sein. Weiß einer was? Ich untersprühte mit Jackie Jansen, Hundekriminalhauptkommissar, Sektion Wittmund.

Ich schnupperte. Hier lief einiges, viele Vögel, auch jagdbare, also solche, die nicht so gut fliegen konnten, anderes Kleingetier und – ja! Hier war vor geraumer Zeit ein Wolf durchgekommen, einer unserer zottigen und etwas wilden Verwandten, die damals, als wir den Menschen domestizierten, nicht mitmachen wollten und lieber bei der alten Lebensweise geblieben waren. Ehrliche, verlässliche Rudelwesen. Die Ehre und der Korpsgeist waren bei ihnen in Ordnung, außerdem waren sie tolle Jäger und alle total teamfähig, und Power hatten sie ohne Ende.

Nicht schlecht, so ein Leben in der Natur, dachte ich. Immer frisches Wild, nichts aus Eisenrohren oder Papiertüten, jeden Tag unbegrenzter Auslauf, ohne sich um menschliche Anhängsel kümmern zu müssen. Ich seufzte; einige von uns hatten es versucht, frei nach dem Motto zurück zur Natur, vor allem die größeren Hunde. Ich kannte eine in Jever, deren Vater ein Wolf gewesen war, worauf sie sehr stolz war. Nettes Mädel, aber schwer ranzukommen, auch wenn sie meine Färbung mochte.

Etwas weiter hinten, Lukas immer an seiner Leine hinter mir her, damit er mir folgen konnte, fand ich Spuren von Wildschweinen. Darunter kleineren, an die ich mich rangetraut hätte, wenn sie allein gewesen wären. Spuren von Rehen und ein Stück weiter von einem Hasen lagen auch noch in der Luft.

Gut. Ich hatte fürs Erste genug gesehen, löste, Lukas tütete alles wieder ein, um es unterwegs zu einer Sammelstelle zu bringen.

Lukas wollte zurück zu dem Schild. Nicht etwa, um die beiden Pfosten zu beschnuppern, sondern um sich die bunten Bildchen und die dunklen Linien aus Strichen und Punkten anzusehen, die mich immer an Fliegenschiss erinnerten.

»Zwei große Naturschutzgebiete, Tinner und Staverner Dose und Sprakeler Heide«, sagte er zu Hinnerk, der seiner Kaustange wieder Wölkchen entlockte; vielleicht war er in seiner Jugend Regenmacher gewesen, schaffte jetzt aber nur noch ganz kleine weiße Wölkchen.

»Frage mich echt, wie das zusammenpasst, Bundeswehr-Schießplatz und Naturschutzgebiet«, fuhr er fort. »Hier steht etwas von seltenen Pflanzen und Biotopen, aber hält das dem Beschuss stand?«

Hinnerk nahm seine Kaustange aus dem Mund. »Das war doch hier, wo es vor ein paar Jahren diesen Moorbrand gab, oder? Da hatte ein Hubschrauber das Moor in Brand geschossen, das brannte Monate lang weiter, teilweise unterirdisch, die mussten großflächig mit Baggern ran, da ist bestimmt viel kaputtgegangen von der Natur da.«

Lukas hatte seinen Sprechkasten in der Hand, auf dem auch Zeichen zu sehen waren. Die konnte er deuten; alle Menschen haben so etwas, vermutlich für eine Art Religionszugehörigkeit.

»Weiter unten fackeln sie die Vegetation regelmäßig ab, damit sie besser sehen und zielen können«, sagte er. »Hier gibt es insgesamt vier solcher Naturschutz- und Landschaftsschutzgebiete. Geht wohl ganz schön wild zu auf so einem Ballerplatz. Jedenfalls wachsen hier einige seltene Gewächse, und das Moor, eins der größten in Deutschland, ist zwar entwässert, aber bis auf die Randgebiete halbwegs intakt.«

»Bis auf die Einschläge«, steuerte Hinnerk bei. »Da möchte man ja kein Moorfrosch sein.«

Lukas steckte seinen Kasten wieder weg. »Können wir uns auf dem Rückweg mal ansehen, vielleicht kann man das Gebiet ja zu bestimmten Zeiten betreten. Lass uns mal zu der Einheit fahren, wo Mehnert stationiert war. Und klopf deine Pfeife bitte nicht auf der Erika aus, die könnte bei der Trockenheit in Brand geraten. Nicht dass wir hier den nächsten Moorbrand verursachen, Hinnerk.«

Eine Erika hatte ich hier gar nicht gesehen. Wo hatte sich die versteckt? Ich sah mich um, fand sie aber nicht.

»Okay, lass uns weiterfahren«, sagte ich. »Ich will wissen, was mit den Wölfen war. Hier gibt es welche. Vor eine Woche ist hier ein Wolfsmann durchgekommen.«

»Ist ja gut, Jackie, wir möchten uns das Moorgebiet auch gern mal ansehen. Komm, ins Auto!«

Das ließ ich mir nicht zweimal sagen. Ich sprang in den Fond, standesgemäß, stellte mich aber auf die Hinterbeine und hielt mich an Lukas' Sitz fest, damit ich nach vorn sehen konnte, ob Wölfe in der Nähe waren. Notfalls auch Wildschweine, denn mein Magen knurrte seit einiger Zeit.

Lukas musste lenken. Er dreht dazu an einem Rad, dann fährt die Kutsche in die Richtung, in die er das Rad dreht.

»Mann, ist das heiß heute«, meckerte er. »Und die blöde Klimaanlage tut es mal wieder nicht.«

Er drückte auf einen Knopf, und die Scheibe neben ihm rutschte nach unten in die Tür hinein. Lukas beugte sich aus dem Fenster und hechelte, etwas, das ich sehr selten bei ihm beobachtete. Wahrscheinlich war er genauso aufgeregt wie ich; endlich ging es mal um Wölfe!

Als er an dem Ding rumfummelte, in dem man sein eigenes Bild sehen sah, gab es plötzlich ein Gewitter. Ein Blitz zuckte. Ich zählte; kein Donner folgte, außerdem schien die Sonne, Regenwolken sah ich keine.

»Wird teuer«, murmelte Hinnerk, der an seiner Pfeife saugte. »Du warst bestimmt dreißig drüber, hier ist fünfzig. Nach den neuen Regeln bist du mindestens einen Blauen los, Lukas.«

Lukas war doch noch gar nicht dreißig, dachte ich. Und wieso teuer?

Das war jetzt alles egal. Ich hatte einen Fall zu lösen. Beziehungsweise zwei; die Sache mit dem toten Menschen hatte ich inzwischen halb abgehakt, ich wusste ja, wer ihn totgemacht hatte, der Dicke musste nur noch gefunden und in den Zwinger gebracht werden.

Was dagegen mit den Wölfen los war, wusste ich nicht. Ich hatte aber gerochen, dass da etwas Schlimmes passiert sein musste; der Mensch, der davon gesprochen hatte, roch nach Angst und Geheimnis.

KAPITEL 8

Eine Weile später rollten wir in ein Gebiet ein, das mit einer Schranke abgesperrt war. Lukas und Hinnerk mussten ein Stück Papier mit einem Foto vor das Gesicht eines Menschen halten, der ein ziemlich langes Knallrohr vor seiner Hüfte hängen hatte. Er sah mich kurz an und nickte. »Die Spürnase braucht natürlich keinen Ausweis«, sagte er. »Fahren Sie durch zum Dienststellenleiter, er erwartet Sie bereits.«

Ich lächelte ihm zu. Endlich mal wieder einer, der Bescheid weiß, dachte ich. Sieht gleich, wer hier der Boss ist.

Das Gelände sah aus wie eine Kleinstadt, so viele Gebäude hatte es. Ich sah keinen einzigen Hund und erwartete Schlimmes; wie sollten die armen Menschen hier führungslos etwas zustande bringen?

Vor uns fuhr eine weitere Kutsche, der Lukas folgte. Schließlich hielten wir vor einem hohen Gebäude, der Lenker der anderen Kutsche brachte uns durch Gänge und über Treppen zu einem größeren Raum, in dem mehrere Menschen auf uns warteten.

Die Zweibeiner fassten sich mit den Händen gegenseitig an und wackelten damit hoch und runter, vermutlich eine Art Kräftemessen. Mit solchen Festlegungen der Stellung im Menschenrudel sind sie ständig beschäftigt.

Einer der Leute beugte sich zu mir herunter und kraulte mir die Nackenhaare. Er hatte sogar ein Leckerchen für mich, das ich dankbar annahm. Er roch nach Schäferhund; also war er nicht völlig ohne Betreuung und wirkte damit gleich viel sympathischer.

Der Mensch, der uns reingebracht hatte, sagte reihum die Namen der Menschen, bis er zu mir kam. »Und der hier ist Jackie, bekannt von den Spionagefällen in Kiel, die er lösen geholfen hat. Das war damals sogar in den Nachrichten.«

Ganz so bescheiden hätte er das gar nicht sagen müssen. Immerhin hatte ich die Adlerkiller zur Strecke gebracht und dabei schwere Verwundungen erlitten, von einem falsch erzogenen Hund, der nichts kapiert hatte.

Einige der Menschen trugen wieder diese bunte Kleidung mit Metallknöpfen vorne und auf den Schultern. Der eine hatte einen dicken und zwei dünne gelbe Streifen, der andere zwei gelbe Laubblätter und einen goldenen Knopf an jedem Ende.

Der Mensch, der zu einem Schäferhund gehörte, hatte dagegen diese Kurzleine um den Hals, deren Enden ihm in der Mitte des Hemdes herunterhingen. Vermutlich ein Zeichen der Hundezugehörigkeit, denn diese Zierleinen waren stets unterschiedlich gefärbt und gemustert. Ich hatte noch nicht rausbekommen, was für eine dieser Kurzleinen zu einem Terrier wie mir gehörte, denn Lukas lehnte das Tragen dieser Dinger ab. Er leinte sich lieber direkt an mir an.

Außer dem Schäferhundmenschen trugen zwei weitere Menschen Kurzleinen. Mir fiel auf, dass nur Männchen da waren, ein Weibchen kam nur kurz herein und brachte den Menschen und mir etwas zu trinken und ein paar

Kleinigkeiten zum Knabbern. Merwürdig, dass die hier ohne Alphaweibchen auskamen.

Zu erschnüffeln gab es nichts. Ich legte mich in eine Ecke, stellte meine Ohren auf Filterdurchzug und meditierte vor mich hin. Dennoch bekam ich alles mit, was sich ereignete.

*

»Die Dienststelle wird von einem Zivilisten geleitet, gegenwärtig von mir«, sagte der Schäferhundmensch, den Lukas mit Dr. Schulze angesprochen hatte, obwohl auch er nicht wie ein Arzt aussah. »Ranghöchster Offizier ist Vizeadmiral von der Lage, Brigadegeneral Höchst vertritt das Heer, von der Luftwaffe ist nach dem Vorfall mit dem Moorbrand zurzeit niemand mehr hier. Herr Wendig ist für die Pressearbeit zuständig, Herrn Wolter vom MAD kennen Sie ja schon.«

Der Mann mit den gelben Streifen stand auf. »Der Fall hat ja mit der Marine nichts zu tun. Wenn Sie mich brauchen …« Er nickte den anderen zu und verließ den Raum, alle warteten, bis er draußen war.

»Sie sind wegen Herrn Mehnert hier«, begann Dr. Schulze. »Wir waren alle sehr betroffen, als wir von seiner Ermordung erfahren haben, und konnten uns zunächst kein Motiv vorstellen. Er war einer unserer besten Trainer, er war zwar schweigsam, kam aber mit allen stets gut klar.«

Der Mann goss sich eine schwarze Flüssigkeit in eine Schale mit Griff, die vor ihm stand, griff zu einer Zange, mit der er ein Stück eckigen Zucker aus einer anderen Schale herausnahm und in die schwarze Brühe hineinplumpsen ließ. Dann legte er die Zange wieder weg und griff zu einem anderen Behälter, der nach Kuh roch, und ließ ein paar Tropfen Kuhmilch ins Gebräu träufeln. Anschließend schnappte er sich einen Metallstab mit rundem Ende und rührte in der Schale herum.

So viele Gegenstände, dachte ich, und dann suchen sie sich etwas aus, was man nicht trinken kann, und versuchen jedes Mal, den Geschmack mit anderen Sachen erträglicher zu machen. Zum Beispiel mit der Milch, die sie den Kühen wegnehmen und die doch für die Kälber da ist.

Ich trank lieber von meinem Wasser; da weiß hund doch, was er hat.

»Bevor wir zu Mehnert kommen, lassen Sie mich kurz zeigen, was wir hier tun, meine Herren.«

Er drückte auf ein paar Knöpfe auf dem Fingerübungsgerät vor sich, und an der Wand waren Bilder zu sehen, die nach einer Weile von anderen abgelöst wurden.

»Das Gelände hier ist im neunzehnten Jahrhundert von der Firma Krupp gemietet worden, als Erprobungsplatz für die Kanonen aus Essen.«

Essbare Kanonen? Gab es das? Ich wunderte mich.

»Deshalb war das Gelände schon zu jener Zeit siebzehn Kilometer lang, so weit schossen die damaligen Lafetten. Da es Moorgebiet war, unerschlossen und von den Bewohnern eher gefürchtet, sah man das früher als unproblematisch an.«

Ein neues Bild.

»Im Ersten Weltkrieg wurde das Gelände erweitert, unter

anderem für die Dicke Berta. Und unter Hitler wurde das Gebiet auf fünfzig Kilometer Länge ausgedehnt, die Dörfer wurden abgerissen, die Dörfler zogen um.«

Neues Bild.

»Wie nach dem Ersten Weltkrieg wurde auch nach dem Zweiten das Gelände zunächst zivil genutzt. Erst seit 1957 sind Bundeswehr und NATO wieder hier auf dem Gebiet; es ist inzwischen der größte, wichtigste und technisch weitaus am besten ausgestattete Schießplatz in Europa. Wir können hier so gut wie alles erproben. Denn nur so können wir garantieren, dass unsere Soldatinnen und Soldaten im Ernstfall überleben.«

Der Bildschirm zeigte ein paar kurze Videos, auf denen ein Panzer von einem Geschoss getroffen wurde, anschließend zerplatzten weitere Flugkörper auf einem Bunker, ohne ihn zu zerstören.

»Wir haben hier heute die ausschließliche Fachkompetenz für diverse Einsatzgebiete. Außer von uns wird das Gelände auch gern zivil genutzt, von verschiedenen Herstellern von Verteidigungsgütern. Hier versammelt sich das geballte Wissen über die Technik Verteidigung, meine Herren.«

»Sehr rücksichtsvoll gehen Sie mit der Natur aber nicht um, oder?«, fragte Hinnerk. »Bei dem Moorbrand 2019 waren täglich über zweitausend Feuerwehrleute hier unterwegs, der Schaden allein durch die Rauchentwicklung war unermesslich, und gekostet hat das auch große Millionenbeträge, das wieder zu löschen.«

Dr. Schulze nickte wohlwollend und zeigte weitere Bilder. »Ja, das war in der Tat eine Katastrophe, wir haben aber daraus gelernt und werden das in Zukunft zu verhindern wissen.«

Das Bild zeigte einen Flugplatz, von dem ein Hubschrauber vom Typ SA 360 Dauphin abhob, unter dem einige Raketen hingen. »Das war während einer Luft-Boden-Operation. Wird so zum Glück nie mehr vorkommen.«

Dr. Schulze wechselte das Thema und berichtete davon, wie viele Arbeitsplätze diese Einrichtung für das Land geschaffen hatte, wie viele Menschen hier beschäftigt waren und welche wichtige Rolle der Platz für den Zusammenhalt der NATO-Staaten spielte. Was für ein Segen es für Land, Kontinent und Leute wäre, dass dieses Stück Brache so intelligent genutzt wurde.

Lukas trommelte mit den Fingern auf der Tischplatte herum. Das machte er gern, wenn er kein Gerät hat, auf dem er üben kann; er wirkte etwas nervös.

»So, so. Sehr aufschlussreich, Herr Doktor. Danke. Können wir jetzt bitte zu der Rolle von Herrn Mehnert kommen? Was können Sie uns darüber berichten?«

Schulze sah den anderen Mann an, der das bunte Knopfgeschirr trug. »General Höchst, könnten Sie das übernehmen, bitte?«

Der Mann lehnte sich zurück und studierte Lukas' Gesicht, bevor er sprach. »Georg Mehnert war nach seiner Rückkehr aus Afghanistan hier bei uns so etwas wie der

Artilleriespezialist. Und zwar nicht nur für die jeweiligen Geschütze, sondern auch für die Telemetrie, die 3D-Ortung, auf die wir hier besonders stolz sind, satellitengestützte Zielsteuerung und die rechnerische Umsetzung meteorolischer Daten. Also für Windgeschwindigkeiten und Ähnliches. Wofür andere lange vor den Rechnern sitzen, das hatte er in den Fingerspitzen. Er hat hier viele junge Spezialisten ausgebildet und hat dafür etliche Ehrungen erhalten.«

Der Brigadegeneral machte eine Pause, in der er seine kurzen und zum Graben völlig ungeeigneten Fingerkrallen begutachtete. »Er ist dann nach Ende der Dienstzeit hier ausgeschieden und Berater für die Industrie geworden. Das wissen Sie wahrscheinlich schon.«

»Ja, bei Diehl, Rafael und Rheinmetall, soweit ich weiß. Für das MELLS-System. Hatte er damit hier auch zu tun?«

Der Mensch mit den goldenen Pickeln auf der Schulter nickte, Lukas beugte sich vor. »Gut. Wie war sein Verhältnis mit den Mitarbeitern? Hatte er Freunde, Feinde, Leute, die im Wettbewerb mit ihm standen, die ihn nicht mochten?«

Der Mann hob den Kopf leicht an. Das machen sie oft, wenn ihnen eine Frage unangenehm ist. Ich sah, wie er schluckte, obwohl er gar nichts getrunken hatte.

»Im Großen und Ganzen hat er vorbildlich gearbeitet, wenn er auch ein eher stiller Mensch war. Von Freunden oder Feinden hier in der Einheit weiß ich nichts. Das Übliche halt. Einige fühlten sich von seinen Ansprüchen überfordert, die Faulen vor allem, andere waren stolz auf das, was er ihnen beigebracht hat. Na ja, einen kleinen Zwischenfall gab es damals schon.«

»Schießen Sie los, Herr Höchst«, forderte Lukas ihn auf. Ich sah hin; der General trug eine Handfeuerwaffe, die er aber stecken ließ. Stattdessen redete er weiter.

»Wir hatten ein paar der vormaligen DDR-Panzer als Ziele aufgebaut, vier T-72. Daneben standen andere, ein alter Leopard 1 und Schützenpanzer. Mehnert hat bei einer Demonstration nur die vier T-72 ins Visier genommen und mit seinen Studenten erfolgreich vernichtet. Das hat einem General Hoffmann gar nicht gefallen, einem der beiden einzigen Generäle aus den neuen Bundesländern. Der war nicht mit dem anderen Hoffmann verwandt, dem letzten NVA-Chef, nahm das aber trotzdem persönlich. Er und Mehnert hatten einen heftigen Streit. Solche wie dich hätten wir damals am nächsten Baum aufgehängt, sagte Hoffmann dabei. Unter anderem.«

»Wie? Es gibt nur zwei Generäle aus dem Osten? Von einigen hundert insgesamt?«, wunderte sich Lukas.

»Hat sich so ergeben«, kommentierte Höchst lakonisch. »Ist aber im Begriff, sich langsam zu ändern.«

Lukas war hellwach, hatte ich den Eindruck. Als Hund hätte er jetzt gehechelt.

»Und? Ist dieser General Hoffmann noch hier? Ging der Streit weiter? Und würden Sie ihm einen Mord zutrauen? Doch bestimmt nicht aus so einem eher trivialen Grund.«

»Sie kennen unsere Generalität nicht«, seufzte Höchst.

»Aber nein, der war zwar aufbrausend, aber alt, der Hoffmann, der ist pensioniert. Lebt auf Rügen, soweit ich weiß. Dem dürfte das inzwischen herzlich egal sein.«

Ein anderer Mensch schaltete sich ein, den Schulze als PR-Mann vorgestellt hatte. »Wir haben einen hohen moralischen Standard bei der Bundeswehr«, erklärte er. Lukas nannte diese Art immer salbungsvoll, also wie jemand, der sich genüsslich und mit Liebe zum Detail eincremt.

»Meinungsverschiedenheiten werden direkt, sachlich und sofort ausgetragen, Nachkarten gibt es bei uns nicht. Ein Mord an Mehnert durch einen Soldaten halte ich für unvorstellbar, Herr Kommissar. Sie sollten sich besser bei den Umweltschützern umsehen. Denen war der Schießplatz seit eh und je ein Dorn im Auge, und die haben ja erfolgreich die Einrichtung von Naturschutzgebieten mitten im Übungsgelände durchgesetzt. Die wussten, dass Mehnert hier zu Trainingszwecken Beschießungen veranlasst. Die hatten den gleich auf dem Kieker. Er war abends in einer Gaststätte sogar mal in eine Prügelei mit denen verwickelt, obwohl er nur in Ruhe ein Bier trinken wollte.«

Die anderen Menschen sahen ihn kritisch an, als ob er sich nicht an die Regeln des Rudels gehalten hätte, einer schüttelte sogar den Kopf. Das ist so etwas wie Anknurren, nur über Bewegungen und ohne Ton.

Lukas dagegen war noch hellwacher als vorher, selbst Hinnerk beugte sich vor und sah den Sprecher gespannt an.

»Aha. Wissen Sie mehr darüber? Wo war das, wann, und mit wem ist er dort aneinandergeraten?«

Die anderen ließen ihn nicht zu Wort kommen. »Das ist doch jetzt nicht wichtig«, sagte der Mann, der Höchst hieß, obwohl er niedriger gewachsen war als die anderen. »Das war rein privat«, schob Schulze hinterher.

Lukas ließ sich nicht ablenken, und er konnte eins und eins zusammenzählen. Das muss man Menschen lassen, zählen können sie, sie zählen alles und jedes ab. Klar, wir können das auch. Jeder Schäferhund kann gelangweilt berichten, wie viele Schafe auf der Weide sind, er merkt sofort, wenn eines fehlt. Er kennt sie sogar alle persönlich, denn so geht Zählen wirklich.

»Da soll mal was mit Wölfen gewesen sein«, sagte er langsam und nachdrücklich. »Hatte das damit zu tun?«

Der PR-Mann sah sich triumphierend um. Als Hund oder Wolf hätte er jetzt geheult. Nun hatte er wieder das Wort.

»In der Tat. Da ging es hoch her. Wer das genau war, damals in der Kneipe, kann ich nicht sagen, die trugen alle so blaue T-Shirts, die meisten hatten lange Haare, solche Typen eben, Bärte und alles. Die hatten das spitzgekriegt.«

»Was war denn nun?«, fragte Hinnerk nach, der ausnahmsweise mal nicht mit seiner Kaustange herumspielte.

»Das tut doch nichts zur Sache«, grummelte der Mann namens Wolter. Schulze hatte ihn als einen vom Abschirmdienst vorgestellt. Warum er hier war, obwohl es doch gar nicht regnete, war mir schleierhaft. »Lange her.

Außerdem ist das ein Dienstgeheimnis, das gehört nicht an die Öffentlichkeit.«

Wendig, der Pressesprecher, zeigte sich unbeeindruckt. »Meine Herren, es ist besser, Sie erfahren das von uns. Die Umweltschützer werden Ihnen sonst eine ganz andere Story auftischen. Fake News, Sie wissen schon.«

Die Uniformierten stöhnten auf.

»Ich zeige Ihnen das mal.« Wendig klappte seinen Klapperkasten auf, übte ein wenig mit den Fingern, und auf einem weißen Schirm erschienen laufende Bilder. Ich hätte mich nicht gewundert, wenn der Mann vom Abschirmdienst sich jetzt davorgestellt hätte, aber er blieb sitzen.

Ich ging etwas näher dran, um klarer sehen zu können. Anfangs, als Welpe, hatte ich immer gedacht, die Bilder wären echt, da würden wirklich Tiere und Menschen und andere Sachen sein, bis ich dann als Heranwachsender merkte, dass es nur Bilder waren. Inzwischen sah ich mir das ganz gern mal an, vor allem, wenn etwas über Löwen oder andere große Tiere kam, nur mit Katzen konnte ich nichts anfangen. Die gehören da nicht hin. Die gehören überhaupt nirgends hin, aber das ist eine andere Geschichte.

Auf dem Schirm waren Menschen zu sehen, die vor leuchtenden Bildschirmen saßen. Ein Mann, der wie der Tote aussah, den Lukas sich angesehen hatte, erklärte den anderen, die alle wesentlich jünger aussahen, etwas. Mehnert.

»Prima, das passt ja wunderbar.« Er zeigte mit dem

Finger auf acht längliche grüne Flecken, die sich wie ein Rudel langsam von links nach rechts bewegten. Eine Alphahündin vorneweg, das Rudel dazwischen, und der Alpharüde hinten als Bewachung. Nur dass es grüne Flecken in Hundeform waren.

»Stellen wir uns mal vor, das wären feindliche Truppen. Denen heizen wir jetzt mal ein, mit dem MELLS.«

Er machte etwas mit dem Klapperkasten. Dann wurde es nacheinander rings um die grünen Flecken jeweils für einen Moment schwarz, erst vorne, dann hinten, dann an den Seiten, bis auch in der Mitte ein zackiger, sich schnell ausdehnender schwarzer Fleck erschien. Die grünen Punkte flogen dabei hin und her, zwei verblassten, die anderen waren nicht mehr zu sehen.

»Das ist zwar Overkill, aber stellen wir uns vor, das wären gepanzerte Einheiten gewesen. Wir haben ihnen die Fluchtwege abgeschnitten und die Einheit vernichtet. Hätten wir blindlings auf die Mitte gezielt, wären die in alle Richtungen davon, das macht den Einsatz schwieriger. Was meinen Sie, wie viele Taliban wir auf diese Weise gekriegt haben.«

Der Mann sah sich um. »Was denn, kein Applaus? Das war perfekt ausgeführt!«

»Das durften wir nicht«, sagte eine jüngere Frau. »Die stehen unter Naturschutz.«

»Wenn sie so viele Bedenken haben, gewinnen Sie keinen Konflikt«, antwortete Mehnert. »Schalten Sie mal auf sichtbare Frequenzen um und gehen Sie näher ran. Ich will sehen, was wir erreicht haben.« Einem anderen Mann klopfte er auf die Schulter. »Gutes Timing, Meier.«

Auf den leuchtenden Schirmen änderte sich etwas. Plötzlich erkannte ich, was die leuchtenden Flecke gewesen waren; Wölfe oder Schäferhunde, die jetzt zerfetzt und tot auf der aufgewühlten Erde lagen. Ein Wolfsrudel, das der Mann kaltblütig für seine Zielübung missbraucht hatte.

Das ging nicht. Ich lief nach vorn, stellte mich vor den großen Schirm und machte Fernmeldung. Wir Hunde kommunizieren nicht nur über U-Tube; das geht ja nur lokal und ist eher langsam, was die Verbreitung von Nachrichten angeht. Wenn es schnell gehen und jeder sofort Bescheid wissen muss, machen wir die Sirene, nach der die Menschen ein plump nachgeahmtes Gerät benannt haben. Wir legen den Kopf in den Nacken und stoßen ein leicht moduliertes, hochfrequentes Geräusch aus, das die Menschen Heulen nennen, obwohl wir gar nicht traurig sind. Es ist eine weitreichende Nachricht, die von anderen sofort aufgenommen und weitergereicht wird.

In früheren Zeiten haben die Menschen das mit Feuer nachgeahmt; ein Feuerturm wurde angesteckt, die Leute auf anderen Türmen machen das nach, und bald wussten alle, es ist etwas passiert, Achtung. Später haben sie das Geräusch des Heulens selbst nachgeahmt, nur eben krude und viel zu laut.

Ich ließ alle anderen wissen, dass hier gerade ein Wolfsrudel völlig sinnlos ausgelöscht worden war, und dass ein bestimmter Zweibeiner dafür verantwortlich war.

Die Menschen im Raum, außer Lukas und Hinnerk, lachten, sie hatten nichts davon verstanden.

Draußen hörte ich andere Hunde antworten und meine Nachricht weitergeben; dann mischten sich andere Stimmen ein. *Schnee von gestern*, heulte einer. *Das war vor ein paar Jahren, aber gut, dass du aufpasst.*

Ich hörte wieder auf.

»Süß«, sagte einer der Menschen, »der möchte auch ein Wolf sein«, ein anderer.

Das Bild ging aus. Der Mann mit den Pickeln auf der Schulter seufzte. »Das musste jetzt wirklich nicht sein, Wendig«, sagte er. »Das ist doch nicht das Bild der Bundeswehr, das wir nach außen vermitteln wollen.«

Der Pressereferent schluckte und zeigte leichte Angstsymptome, wie ich roch. »Aber ...«

»Nichts aber. Wir hatten vereinbart, dass unsererseits darüber nichts mehr verlautet. Die anderen müssen den Mund halten, das war sehr unüberlegt. Das wird Konsequenzen haben.« Das war Schulze, der nun viel weniger freundlich wirkte als am Anfang.

Lukas ging auf diese Auseinandersetzung nicht ein. »Wo war diese Schlägerei, in die Mehnert verwickelt wurde? Wissen Sie, wann das war und wer daran beteiligt war? Ist das zur Anzeige gekommen?«

Schulze wurde wieder ruhiger. »Nein. Keine Anzeige, die Namen haben wir auch nicht. Mehnert hat das eher beiläufig erwähnt, er war ja ausgebildet und hat den Angreifer sofort kaltgestellt, nichts Großes, wie er sagte.

Warten Sie, das Lokal; ja, ich hab's. Er ist öfter nach Sögel zum Schlosskeller. Gehört zu dem Jagdschloss dort, er mochte den Ort und war oft da.«

Lukas und Hinnerk malten sich Zeichen in kleine Hefte, die sie mitführten. Manchmal malt er auch auf seinem Sprechkasten herum, das funktioniert ähnlich. Eine Erinnerung, zu vergleichen mit einem Post bei uns, nur eben geruchlos. Dass sie so gut wie gar nicht riechen können, sagte ich bereits.

Ich rollte mich wieder zusammen, während die Menschen weiter plapperten, wie immer. Der Mann hatte mit seinen schwarzen Flecken die Wölfe totgemacht, erst eingekreist, was in der Tat eine gute Taktik ist, wie wir sie selbst gern anwenden, und dann in der Mitte zugeschlagen.

*

Ich wusste nicht mehr, was nun eigentlich mein Job war. Gestartet war ich mit der Aufgabe, den Totmacher von Mehnert zu finden. Das hatte ich ja erledigt, Lukas war bloß noch nicht so weit vorgedrungen, ihn zu finden, ihm das zu beweisen und ihn dann zum Zwinger zu bringen. Das war nachrangiges Menschenwerk.

Der eigentliche Mörder war Mehnert selbst. Ein Verbrechen ersten Ranges gegen jegliche Kaninität; ein ganzes Rudel ausgelöscht! Das musste verfolgt werden, unbedingt. Nur war dieser Mehnert jetzt schon tot. Ob der Dicke im Auftrag eines Hundes im Namen der Wölfe gehandelt hatte? Dann war er kein Mörder, sondern ein Vollstrecker, und eher ein Held als ein Verbrecher. Sollte ich dann noch dafür sorgen, dass Lukas ihn fing?

Ich musste während meiner Überlegungen eingeschlafen sein, denn plötzlich streichelte Lukas mich. »Komm, Jackie, wir gehen«, sagte er. »Wir haben genug erfahren.«

»Danke für die Auskunft, Sie haben mir sehr geholfen«, sagte er zu den Menschen im Raum. »Schönen Tag noch.«

KAPITEL 9

Wir gingen raus, Hinnerk hielt uns beiden die Tür auf. War damit alles erledigt? Konnten wir jetzt nach Haus, und ich konnte mich endlich weiter nach Leonie erkundigen?

»Wir fahren zu diesem Lokal«, sagte Lukas zu Hinnerk. »Vielleicht weiß der Wirt oder die Bedienung noch etwas von dem Zwischenfall, und wir finden diese Leute. Womöglich war einer von denen in den Mord verwickelt.«

Lukas sah auf seine Uhr, bevor er sich anschickte, auf seinen Kutschersitz zu steigen und mich reinzulassen. »Es ist spät. Ich schlage vor, wir nehmen da was zu uns, Hinnerk, fragen die Leute dort und machen dann Feierabend.«

Ich legte mich standesgemäß auf den Rücksitz. Was meinte Lukas? Die Umweltschützer in den Mord verwickelt? Das war doch eindeutig dieser Mehnert gewesen! Trotzdem ließ ich ihn gewähren; etwas essen und trinken ging immer.

Wir kamen zu einem eher feudalen Gebäude mit schönen Fenstern, festlich beleuchtet. Wir nahmen draußen an den Tischen Platz, es war ein warmer Sommerabend und noch hell, trotzdem brannten auf allen Tischen weiße Stangen mit Flammen darauf, vermutlich damit das Feuer nicht gleich wieder ausging wie früher.

Ein hübsches junges Weibchen kam mit ein paar Mappen in der Hand zu uns.

»Bitte als Erstes etwas zu trinken für den Hund«,

instruierte Lukas sie, »und anständiges Futter für ihn, wenn sie das haben.«

»Wir hätten da ein paar Schlachtabfälle vom Wildschwein«, antwortete das Weibchen. »Wäre das in Ordnung?«

Ich bellte meine Zustimmung. »Brav, Jackie«, sagte mein Mensch. »Kommt doch gleich, dein Futter.«

Die beiden bestellten anschließend auch etwas für sich selbst. Nicht so lecker wie mein Essen und mit zu viel Salz und Gewürzen, aber sie schienen sich damit zufriedenzugeben.

Als das Weibchen mit meinem Mahl kam und den beiden vergammeltes Getreidewasser mitbrachte, das schon schäumte, hielt Lukas sie auf.

»Sagen Sie, wie lange arbeiten Sie bereits hier, wenn ich fragen darf?«

Sie strahlte ihn an. Was mich nicht wunderte, mein Lukas ist für menschliche Begriffe ein attraktives Männchen, groß, gut aussehend, mit intakten Zähnen und einem kräftigen Rüdengeruch. »Vier Jahre. Warum fragen Sie?«

Lukas lächelte. Das funktioniert ähnlich wie bei uns; er verzog die Lippen und ließ die Zähne ein wenig sehen. »Hier gab es vor einiger Zeit, drei Jahren etwa, einen handfesten Streit, zwischen einem Gast, der auf der Schießanlage Meppen arbeitet und hier Stammgast war, und einem Umweltschützer. Soll eine ordentliche Prügelei gewesen sein, es waren wohl noch mehr Leute beteiligt. Wissen Sie etwas darüber?«

Das Wesentliche hatte er mal wieder vergessen. »Es sind Wölfe dabei ums Leben gekommen«, sagte ich laut.

»Ist etwas mit seinem Fressen nicht in Ordnung? Soll ich was anderes bringen?«, fragte sie. Sie verstehen einen einfach nicht; ich beeilte mich, es vor ihr in Sicherheit zu bringen, bevor sie auf dumme Gedanken kam. Sie wandte sich wieder Lukas zu.

»So was ist hier ja eher ungewöhnlich. Ja, da war mal was. Warten Sie, im Haus treffen sich heute ein paar Naturschützer zu einem Meeting, ich frage die mal. Die sind regelmäßig hier. Ihr Essen ist auch bald fertig.« Sie eilte wieder davon, Lukas und Hinnerk tranken von ihrer nach Hefebakterien riechenden Brühe.

Es dauerte eine Weile, meine beiden Begleiter hatten ihr Getränk schon fast alle, als sie wieder herauskam. Sie hatte zwei Teller in den Händen und einen Mann im Schlepptau, der überhaupt kein Fell mehr auf dem Kopf hatte, außer über den Augen, dort dafür dicht und struppig.

»Bitteschön, ihre Speisen, die Herren. Das hier ist Herr Schönmüller vom NABU, der war damals dabei.«

»Setzen Sie sich doch zu uns«, lud Lukas ihn ein. »Nur kurz. Wir sind vom LKA, Hinnerk Tjaden und Lukas Jansen.«

»Aber wirklich nur ganz kurz, wir haben drinnen eine wichtige Sitzung«, sagte der kahle Rüde und setzte sich an den Tisch.

»Soll ich Ihnen Ihr Getränk rausbringen?«, fragte ihn das junge Weibchen. Er nickte.

»Herr Schönmüller, es gab vor einiger Zeit mal eine heftige Auseinandersetzung zwischen Naturschützern und einem Mann vom NATO-Schießplatz. Es soll um die Vernichtung eines Wolfsrudels gegangen sein. Wissen Sie etwas darüber? Es ist angeblich zu einer Schlägerei gekommen.«

Der Mann lachte meckernd. »Und ob ich das weiß. Wir waren damals alle auf hundertachtzig, das können Sie mir glauben. Wir kennen einen, der das mitangesehen hat, und wir haben Wildkameras in der Gegend. Das Naturschutzgebiet ist auf unser Betreiben hin eingerichtet worden, nach langen Kämpfen mit dem Militär und den Behörden. Das ist ein einzigartiges Stück Natur da draußen, das einzige größere nicht abgetorfte Hochmoor in Europa, mit beispielloser Flora und Fauna. Da gibt es Pflanzen und von ihnen abhängige Tiere, denken Sie an Schmetterlinge und bestimmte Bienen- und Hummelarten, die sonst wo nicht oder fast gar nicht mehr vorkommen. Und das entwässern die, ballern da rein und fackeln es ab, wie vor ein paar Jahren, das allein ist schon unverzeihlich und ein nicht wieder gutzumachender Schaden. Und dann setzt sich dieser freche Arsch hier hin, nimmt in aller Ruhe ein vor Kurzem eingewandertes, völlig friedliches Wolfsrudel aufs Korn, das dort ungestört lebt und niemandem etwas zuleide tut, und sprengt es willentlich in tausend Stücke.«

Ich kommentierte das mit einem langgezogenen Meldegeräusch, auch wenn es hier in der Gegend schon jeder wusste; niemand antwortete.

»Sehen Sie, der Hund weiß Bescheid«, kommentierte der

Mensch im blauen Shirt. »Der heult.«

Hinnerk schnitt sich ein Stück von seinem Wildschwein ab. »Und? Könnten Sie sich vorstellen, dass ihn jemand deshalb verfolgt und sich an ihm rächen will?«

Der Rüde lehnte sich zurück und sah Hinnerk lange in die Augen. »Tja. Ne Tracht Prügel hätte der schon verdient, oder? Aber der ist ja weg von hier und treibt anderswo sein Unwesen.«

»Mehnert ist am Montag ermordet worden, bei Sillenstede bei Wilhelmshaven«, konfrontierte Lukas ihn mit der Schwere des Falles. »Trauen Sie einem Ihrer Kollegen so eine Tat zu?«

Der Rüde stand abrupt wieder auf. »Nee. Mit Sicherheit nicht. Und ich will Ihnen was sagen, meine Herren. Ich darf Ihnen nämlich gar nichts sagen. Ich darf Ihnen nicht mal sagen, dass ich Ihnen nichts darüber sagen darf. Wir sind per Gericht vergattert worden, gegen Androhung schwerer Strafen, militärische Geheimnisse zu verraten, ob Sie's glauben oder nicht, schon Andeutungen sind strafbar. Sie sind von der Polizei, woher soll ich wissen, dass Sie nicht genau das nachprüfen wollen.«

Er nahm dem Weibchen, das mit seinem Getränk auf den Tisch zukam, das Glas aus der Hand und blieb stehen. »Tut mir leid für den Idioten, selbst wenn es zur Abwechslung mal den Richtigen getroffen hat. Es ist doch schon genug Unheil angerichtet. Aber nun ist gut. Mehr kann ich Ihnen beim besten Willen nicht sagen. Der ganze Verband ist zum Stillschweigen verpflichtet worden, jedes weitere Wort könnte uns in den Ruin treiben. Viel Erfolg, die Herren.«

Er schickte sich zum Gehen an, aber Lukas hielt ihn auf. »Sie haben hier einen Wolfsbeauftragten, oder? Könnten wir mit dem mal sprechen? Nicht wegen dieser Sache, nur ganz allgemein.«

»Reents? Das sollte wohl klappen. Kann auf jeden Fall nicht schaden«, fand der Mann. »Ich sage ihm Bescheid, er ist da.«

Er ging wieder rein, das junge Weibchen blieb stehen und wartete, bis er drin war.

»Ich erinnere mich jetzt. Geprügelt hat sich ein anderer mit diesem Soldaten, der hat ihn aber schnell kaltgestellt. Ein großer, dunkelhaariger mit Schnauzer.«

Ah, dachte ich. Endlich mal jemandem, der zu einem Hund gehört. Vielleicht konnte ich mit dem Schnauzer reden.

»Die dürfen alle nichts sagen, hat das Gericht entschieden. Das darf nicht ans Tageslicht kommen. Aber es gibt einen hier aus Sögel, der war damals nicht beteiligt und ist nicht in dem Verein. Heinz Thien, ein Naturschützer der alten Schule, der weiß immer alles und kennt hier jeden Vogel und dessen Eltern und Großeltern mit Vornamen. Der kann Ihnen mit Sicherheit helfen.«

Sie ging wieder und wurde von einem Rüden abgelöst, der zögernd angewackelt kam. Ein sehr hoher Mensch mit grünlichen Augen und fahlem Kopffell, der eine frische Narbe auf der Wange hatte.

»Herr Jansen?«, fragte er und sah Hinnerk dabei an.

»LKA Niedersachsen?«

»Hier«, sagte Lukas, der sich gerade ein Stück Pflanzenknolle einverleibt hatte, mit vollem Mund. »Und Sie sind …?«

»Reents Paulsen. Der Wolfsbeauftragte«, antwortete er. »Sie wollten mich sprechen?«

Diesmal sprach Hinnerk. »Ja. Wir würden gern wissen, ob hier öfter Wölfe durchkommen, ob es sesshafte Rudel gibt, wie gefährdet die sind, welche Vorfälle es gab. Ganz allgemein.«

Lukas nickte dazu und aß weiter. Paulsen setzte sich.

»Und ob es hier welche gibt. Wir haben hier vier Naturschutzgebiete, ein Moorgebiet, das sehr selten von Menschen betreten wird, in dem es aber genug Wild vorkommt. Sie sind ungestört und stören auch kaum. Es gab zwei Schafsrisse, neulich ist ein verletzter Wolf friedlich durch die Einkaufsstraße von Nordhorn gelaufen, ansonsten sieht und hört man nichts von den Tieren.«

»Und woher wissen Sie, wie viele davon hier leben, und wo?«, fragte Lukas, der seinen Bissen runtergeschluckt hatte.

»Wir haben Wildkameras, wir beobachten, einige befreundete Jäger hier im Gebiet ebenfalls, und wir haben ein paar Jungtiere besendert. Daher wissen wir ziemlich gut Bescheid«, antwortete Paulsen und sprach gleich weiter.

»Nur ist das leider alles nicht mehr so prall. Das Land Niedersachsen hat jetzt generell Abschüsse besonders von Jungtieren erlaubt, und wissen Sie was? Die Jäger dürfen solche Tötungen sogar geheimhalten. Wölfe sollen ins Jagdrecht aufgenommen werden, das Gesetz selbst hält der Minister streng geheim. Eine völlig unrechtmäßige Schande ist das!«

Ich knurrte zustimmend, niemand beachtete mich.

Hinnerk war wieder dran.

»Bei Ihren Nachbarn in Herzlake ist das aber nicht so. Da haben die über fünfhundert Nutztiere gerissen.«

»Wenn die Bauern ihre Tiere frei laufen lassen, müssen sie sich nicht wundern«, schimpfte er. »Als ob uns der Planet allein gehörte. Ein paar gute Zäune, und Schluss. Es sind genug Rehe und Wildschweine da, aber wenn sie den Tieren leckere und einfache Beute vor die Nase setzen, müssen Sie sich nicht wundern.«

Er nahm ein Stück Papier aus seiner Bekleidung und blies etwas aus seiner Nase hinein. Sowas taten Menschen manchmal.

»Hier im Moor ist das anders, wie auch auf großen Truppenübungsplätzen oder in den ehemaligen Braunkohlegebieten in der Lausitz. Die Wölfe ziehen sich dorthin zurück, wo sie ungestört sind und im Gleichgewicht mit ihrer Beute leben. Zu Ihrer Frage. Ja, hier lebte mal ein größeres Rudel, das gibt es nicht mehr. Dazu darf ich leider nichts weiter sagen. Ansonsten haben wir ein paar einzelne Rüden und ein junges Paar. Mit etwas Glück haben wir hier bald wieder ein Rudel, wenn die Bundeswehr uns die nicht wieder abknallt.«

Ich verstand, was er meinte. Ich hatte das mal auf diesem

Bildschirm gesehen. Die Menschen bauten Metallbälle oder lange Metalldinger, die entweder irgendwo hingelegt oder hingeworfen wurden und dann mit lautem Knall kaputtgingen, wobei sie alles in der Umgebung zerstörten. Wozu machten sie so etwas? Das war mir schon immer schleierhaft gewesen. Klar, sie hatten viel zu viele Sachen, die sie wieder loswerden wollten, aber so ein Ding bauen, das gleich alles kaputt und sämtliche Lebewesen totmachte? Irgendwie haben sie generell etwas komplett falsch verstanden.

Oder sie bekamen zu viel Sauerstoff, das kommt davon, wenn man die ganze Zeit nur aufrecht geht, mit dem Kopf in den Wolken.

Hatte dieser Mehnert auf diese Weise das Wolfsrudel getötet? Waren diese schwarzen Blitze auf dem Bildschirm in Wirklichkeit diese furchtbaren Metalldinger gewesen, aus denen so viel Feuer herausspritzte, wenn sie platzten?

Dafür hätte er zweifellos in irgendeinem Zwinger verfaulen dürfen, ohne dass ihm ein Tier die Ehre erwiesen hätte, ihn zu fressen oder sich in ihm zu wälzen.

»Sie mögen diese Tiere, was?«, fragte Hinnerk, der ein paar grüne Pflanzenkugeln auf einer kleinen Forke balancierte.

»Sie haben ja auch einen Hund«, erwiderte Paulsen. »An den Sie viel Fleisch verfüttern, wofür dann in Brasilien und anderswo der Regenwald abgeholzt wird. Die Wölfe halten sich wenigstens an die Wildschweine hier, davon haben wir in der Tat zu viele. Fragen Sie mal die Maisbauern hier. Die sind doch froh, dass ihnen die Wölfe die Felder intakt halten. So ist das.«

Ich wollte protestieren. Wenn ich nicht die ganze Zeit auf Lukas aufpassen müsste, wäre ich auch auf Hasenjagd gegangen, und einen süßen Frischling würde ich allemal erlegen können. Ich war ja eine Art Wolf, nur spezialisierter. Ich war auf dieses Fleisch aus den Eisenrohren nicht angewiesen. Und falls dieser Mensch das nicht bemerkt hatte, ich kaute gerade auf einem Wildschweinmagen herum. Von hier. Regional und nachhaltig.

»Waren Sie eigentlich bei der Schlägerei damals zugegen? Der Mehnert vom Bund hatte sich mit einem der Ihren angelegt. Er ist kürzlich ermordet worden, wir müssen in alle Richtungen ermitteln.«

Der Mensch wurde heller im Gesicht. »Na ja, nach dieser Sache, über die ich nicht sprechen darf, gab es Zoff im Dorf. Wir alle wussten, wer dahintersteckt. Und dann wagt der Heini es, hierherzukommen und sich abends mitten unter uns ein paar Bierchen zu genehmigen. Und anschließend Auto zu fahren, aber das nur nebenbei. Wolf wollte ihn sich vorknöpfen, hat nicht gefunzt. Der Typ konnte Karate oder so'n Zeug.«

»Wolf wer?«, fragte Lukas nach, während er sich ein weiteres Stück von seinem Hirschbraten absäbelte.

Das interessierte mich auch.

»Wolf Martens. Großer Typ, kommt aus Stavern, hat einen dicken schwarzen Schnauzer. Wolf ist aber nach Aurich umgezogen, der wohnt hier nicht mehr. Der ist nicht nachtragend, wenn Sie mich fragen.«

Ich hob den Kopf von meinem leckeren Essen hoch. Ein Wolf, der einen dicken Schnauzer hat? Waren die beiden ein Paar? Ich hatte ja schon einiges gehört, aber so etwas noch nicht.

»Na ja. Wenn er den Mehnert voller Wut wegen des getöteten Wolfsrudels angreift und der ihn fertigmacht, was er als Soldat beherrscht, kann ich mir schon vorstellen, dass er Rachegedanken hegt. Würde mich eher wundern, wenn nicht«, mampfte Hinnerk, dem eine Fischgräte aus dem Mundwinkel herausschaute.

»Nee. Wolf nicht. Wie ist der Mehnert denn ermordet worden? Pfeil und Bogen?«

»Dürfen wir Ihnen nicht sagen, laufende Ermittlungen«, erklärte Lukas. »Wieso Pfeil und Bogen? Hat der Martens so was?«

Paulsen nickte. »Ja. Er ist ein Mittelalterfreak, verkleidet sich gern als Robin Hood und tritt auf Dorffesten so auf. Nicht dass ich ihm das zutraue. Wollte nur mal fragen.«

Lukas und Hinnerk sahen sich an. Ich wusste, dass der Mensch nicht mit einem Pfeil erschossen worden war, sondern mit einem Stück Metall. Also war dieser Wolf Martens es nicht gewesen; oder aber Paulsen wollte ihn decken.

Martens konnte es nicht getan haben. Der Dicke war es gewesen, und der hatte keinen Schnauzer, das hätte ich gerochen. Manchmal hatte ich den Eindruck, die Menschen wollten mich absichtlich verwirren. Oder sie hatten keinen

Durchblick und waren selbst viel zu verwirrt.

»Haben Sie zufällig die Adresse von Martens?«, fragte Lukas. »Wir werden ihn befragen müssen.«

Paulsen schüttelte den Kopf, obwohl es gar nicht geregnet hatte und er nicht nass war. »Leider nicht. Er ist ein ordentlicher Mensch, der hat sich da mit Sicherheit angemeldet. Der arbeitet da in einer Gießerei, mehr weiß ich nicht.«

»Geben Sie uns bitte noch Ihre Adresse und Telefonnummer, falls wir weitere Fragen haben sollten«, bat ihn Hinnerk, Lukas kaute gerade. Hinnerk hielt dem Wolfsbeauftragten seinen Plapperkasten hin, der tippte mit dem Finger darauf herum und gab ihn zurück.

Welcher Wolf ihn wohl mit was beauftragt hatte, fragte ich mich. Normalerweise nahmen Menschen von Wölfen keine Weisungen entgegen, die hatten sich damals ja bewusst gegen ihre Domestizierung entschieden; sie hörten nur auf das, was Hunde ihnen sagten. Mehr schlecht als recht, aber wir sind zufrieden. Es war egal, Paulsen ging wieder rein und rief meinen beiden Assistenten noch ein Moin zu. Was nicht Guten Morgen heißt, wie viele Hunde denken, sondern kurz für Mojen Dag ist, also Guten Tag.

Lukas wartete, bis Paulsen verschwunden war. »Ganz hasenrein ist der nicht«, fand er, während er sich Grünzeug auf sein Werkzeug schob. Ich wunderte mich, was er damit meinte; Paulsen hatte nicht im Mindesten nach Hase gerochen, aber Lukas war schon wieder weiter. Manchmal plapperten sie einfach zu schnell.

»Ich denke, die stecken alle unter einer Decke, diese Wolfsfreunde«, antwortete Hinnerk. »Paulsen deckt den Martens, eine Krähe hackt der anderen kein Auge aus, so ist das doch immer. So erfahren wir von denen nichts.«

»Der Schönmüller auch. Hat der nicht von Jägern gesprochen, mit denen sie im Gespräch sind? Wir sollten mal sehen, wer von den Leuten, die damals dabei waren, einen Waffenschein hat. Dann besorgen wir uns die Telefonnummern von denen und machen eine Abfrage, wer zur Tatzeit in der gleichen Funkzelle wie das Opfer war.«

»Könnte gehen, wenn der Ermittlungsrichter mitspielt«, fand Hinnerk. »Das wäre eine größere Überwachungsaktion, das machen die nicht gern.«

»Ist unsere bisher beste Spur«, meinte Lukas, der seinen leeren Teller von sich wegschob und sich ein kleineres Schälchen heranzog, dass nach etwas Süßem mit einer verbrannten Zuckerschicht darauf roch.

»Wir haben noch diesen anderen Zeugen, diesen Vogelkenner, Heinz Thien«, erwiderte Hinnerk, der ebenfalls aufgegessen hatte und das Loch in seiner Kaustange mit gerösteten Pflanzenteilen füllte und die festdrückte. »Der wohnt hier im Ort. Lass uns nach dem Essen mit Jackie eine kleine Runde drehen. Wir bestellen ihn her, oder wir fahren dort hin, wenn er jetzt nicht kann. Wo wir schon mal hier sind.«

Hinnerk legte seine Kaustange weg, nahm seinen Plapperkasten und fummelte damit herum, bevor er hineinsprach. Lukas aß auf, winkte dem jungen Weibchen, sie tauschten ein paar Stücke Papier aus, das Weibchen reichte mir ein Leckerli und nahm mir stattdessen meine beiden Schalen mit den Resten der Wildsau und dem Wasser weg. Knurren konnte ich nicht, weil ich den Mund voll hatte.

KAPITEL 10

Ein paar Minuten später waren wir in einem Park unterwegs, in dem Wege strahlenförmig von einem prächtigen Gebäude zu anderen rings um es herum führten. Reichlich unpraktisch, meiner Meinung nach; es sei denn, Alphamann und Alphafrau wohnten in dem Haus in der Mitte, und die menschlichen Diener jeweils ringsum in den anderen Gebäuden.

»Wir sind bei Schloss Clemenswerth«, sprach Hinnerk in den Kasten. »Ein Jack-Russell-Terrier und zwei Personen, ein großer und ein schöner alter Mann mit Pfeife.«

»Ich sehe Sie«, rief ein älterer Mensch von weitem und winkte, seinen eigenen beleuchteten Plapperkasten hoch in der Hand. Er war nicht groß, hatte dafür aber breite Schultern. Sein Kopffell erinnerte mich an einen Collie, genau wie die dichten Fellstücke über den Augen.

Meine beiden Menschen wackelten auf ihn zu. »Herr Thien?«

»Jau«, sagte er. Er drehte sich weg und winkte einer anderen Person. »Meine Frau sucht dort hinten, sie hat uns noch nicht gesehen.«

Von der anderen Seite näherte sich ein älteres Weibchen mit schwarzen Haaren und dunklen Augen. »Meine Frau, aus Peking«, stellte er sie vor.

Ah – das war mir neu, dass es auch bei den Menschen Pekinesen gab. Ich vermochte aber keine großen Unterschiede festzustellen.

»Danke, dass Sie gleich hergekommen sind, Herr Thien«, sagte Lukas, nachdem er uns vorgestellt hatte. »Wir suchen nach Zeugen in einem Mordfall. Ein Georg Mehnert ist kürzlich ermordet worden, wir glauben, dass er sich während seiner Tätigkeit auf dem Schießplatz Feinde gemacht haben könnte.«

»Ach, darum geht es«, nickte er. »Ja, da weiß ich Bescheid drüber, mich hatte damals keiner auf dem Schirm. Ich habe Unterlagen dazu, ist aber alles bei mir zu Haus. Kommen Sie doch da vorbei.«

Er gab Lukas einen Zettel, auf den er etwas gemalt hatte. »Wenn Sie mit Ihrer Hunderunde fertig sind, werden wir zu Haus sein und auf Sie warten.«

Er wandte sich an seine Frau. »Komm, Schatz, wir gehen.«

Eine halbe Stunde später drückte Lukas auf den Bellknopf am Zuhause der Thiens. Von drinnen antwortete eine Hündin in meinem Alter. *Wer ist da an der Tür*, fragte sie. *Wir sind von der Polizei, dein Mensch weiß was über einen Fall, hol ihn mal, er soll aufmachen*, erklärte ich.

»Ist ja gut«, sagte Lukas hinter mir. »Schon okay, Lassie, geh mal rein«, hörte ich von drinnen die Stimme von Heinz Thien.

Er öffnete die Tür, wir traten ein, ich zuerst, dann Lukas und Hinnerk. Vor mir stand eine Zwergcollie-Hündin, die demnächst läufig sein würde, wie sie mir erfreut zuhechelte. Wir stellten uns vor; jawoll, dachte ich, ihre U-Tube bestätigte ihre Aussage.

Ich dachte an den Sinn meiner Worte, *wir stellten uns vor*. Eigentlich war es genau andersherum. Einer stellte sich hinter den anderen, damit er alle U-Tube-Nachrichten lesen konnte, dann durfte der andere beim Ersten hinten schnüffeln, bis beide alles voneinander wussten. Wir stellten uns also nicht vor, sondern hinter.

Aber egal. Ich schweife ab. Das sagt man, wenn man sich zu stark mit dem Schweif verwedelt und vergessen hat, was man zu sagen vorhatte, weil alle Empfindungen in den Schwanz gegangen sind.

Menschen würden so etwas nie verstehen; aber egal.

Wir blieben auf dem Flur. Sie war nur unwesentlich größer als ich und ähnlich gefärbt wie ich. Was die Menschen in einem Zimmer hinter dem Gang besprachen, bekam ich nur am Rande mit, während mir Lassie von den Wölfen berichtete.

Sie war oft mit ihrem Nahrungsbeschaffer im Moor unterwegs, wenn nicht geschossen wurde, ihr Mensch kannte diese Zeiten. Es gab dort große Mengen interessanter Tiere und Pflanzen, und sie selbst hatte mal, als sie einem Hasen nachgespürt war, einen Wolf getroffen. Sie hatten sich hintergestellt und ein paar Minuten miteinander geplaudert; gut, dass du eine Frau bist und ich ein Mann, hatte er gesagt. Wenn Alpha-Lady hier wäre, wärst du schon tot, Kleine. Du riechst so gut, hatte er gebrummt, als ob er etwas Bestimmtes im Sinn hätte.

Lassie war dann wieder zurück, sie konnte ihren Menschen nicht so lange allein lassen, wie leicht konnte so ein kopflastiger Zweibeiner im Moor versinken.

Sie sah verträumt aus, als sie von dem Wolf berichtete; ein wilder Ahne, ein richtiger Kerl, der vor nichts Angst hatte und keine Menschen an der Backe hatte, um die er sich ständig kümmern musste. Zurück zur Natur, meinte sie. Das wäre es.

Wir beide könnten doch im Moor unser eigenes Rudel aufmachen, schwarz-weiße kluge Wölfe, schlug ich ihr vor. Soll ich nächste Woche noch mal wiederkommen?

Aber sie hechelte nur verschämt. Und der einsame Wolf, sagte sie dann. Was, wenn ich den nochmal treffe?

Sie legte ihr Kinn auf ihre ausgestreckten Vorderpfoten und sah mich verträumt an. Wenn ich kleine Wolfis bekäme ...

Ich sah schon, dass ich hier nicht weiterkommen würde. Ein Flirt ist gut und schön, aber ich war wegen meiner Polizeiarbeit hier, ich hatte zu tun und sagte ihr das.

Im Raum saßen die vier Menschen um einen Tisch herum und tranken ein rötliches, bitteres Gebräu, in das sie konzentrierte Kuhmilch und kristallisierten Zucker gegeben hatten. Ein Ritual?

Sie tun vieles, um zu erkennen, was die Zukunft bringt. Ost sehen sie dazu in die Sterne. Früher, das hatte mir mal ein ganz alter Kollege erzählt, hatten sie die Eingeweide von Hunden auf die Erde geworfen, um zu sehen, was die Zukunft bringt. Womöglich hatten sie mitbekommen, dass wir alles im Urin hatten, und wollten das auf diese primitive Weise nachlesen. Ich erschauderte. Erstens war das zum Scheitern verurteilt, zweitens funktionierte das nur ein einziges Mal, und drittens ging das überhaupt nicht. Das kommt davon, wenn man seine Nase nicht nutzt, dachte ich.

»Für so etwas habe ich eine Nase«, sagte Thien gerade. »Ein Händchen. Wenn da was passiert, stoße ich in der Regel bald auf einen, der damit was zu tun hat, und bin schnell im Bilde. Ein Gespür, hat mir schon oft geholfen.«

»Sie sollten zur Polizei kommen, mit so einer Gabe«, sagte Lukas. »Was ist das eigentlich für ein komisches Geräusch draußen?«

Er hatte gemerkt, wie ich den Kopf gehoben und gelauscht hatte, und es dann selbst wahrgenommen.

»Tauben«, erklärte Thien. »Eine seltene Pekinger Art. Die habe ich persönlich als Eier in meiner Kleidung im Flieger hergeschmuggelt und hier im Brutschrank ausgebrütet. Die haben eine Tonpfeife zwischen den Schwanzfedern, die erzeugt dieses Geräusch. Da weiß ich immer, wo meine Lieblinge sind.«

»Haben Sie mal in Peking gelebt?«, fragte Hinnerk. Der Mensch nickte. »Jau, als Journalist, da habe ich damals meine Frau kennengelernt. Und malen gelernt. Kommen Sie mal.«

Thien führte uns in ein anderes Zimmer, das voll von eckigen Rahmen war, an den Wänden, an Gegenstände angelehnt, auf den Tischen und Gerüsten.

»Hier«, er zeigte auf ein Bild mit acht Wölfen, die in verschiedenen Posen durch die Luft sausten oder auf dem

Boden lagen, vor einer nur angedeuteten Landschaft. Daneben stand ein anderes Bild, auf dem Goldfische in einer ähnlichen Konstellation zu sehen waren, mit nur wenigen Strichen dargestellt.

»Dieses Aquarell hier mit den Wölfen war sogar auf einer Ausstellung in der Sparkasse, drei der anderen auch. Ich habe das nach der Erzählung von einem Freund gemalt, der hat Fotos und Videos aufgenommen und mir alles haarklein berichtet«, erzählte Thien stolz. »Das Aquarellmalen habe ich in Peking gelernt. War eine schöne Zeit damals.«

Er wandte sich wieder meinen menschlichen Kollegen zu und sah Lukas direkt in die Augen.

»Ein sehr guter Freund von mir arbeitet dort auf dem Schießplatz«, sagte er leise. »Ich weiß alles aus erster Hand. Das Bild habe ich nach seinen Angaben gemalt.«

»Ich verstehe nicht«, murmelte Lukas. So etwas hörte man nicht oft von ihm.

Thien zeigte auf sein Bild. »Blut. Sehen Sie irgendwo Blut?« Wir alle sahen hin. Da war keins. Und Gerüche konnten Menschen nicht darstellen, das Bild roch nach Mineralien.

»Weil mein Freund erst alle Aufnahmen davon vernichten und dann sämtliche Spuren in einer alten Müllkippe entsorgen musste, unter vier Meter Torf und Erde, die Wölfe selbst und alle anderen Beweise. Der hätte den am liebsten gleich mit verbuddelt, diese Umweltsau.«

Sein Freund war ein Schwein? Gab es das? Manchmal redeten die Menschen in Rätseln.

»Sie reden von Mehnert, oder?«, fragte Hinnerk nach. »Darf ich hier rauchen?«

Thien schüttelte den Kopf. »Nein, bitte nicht. Nicht vor den Bildern.«

Er sah zurück zum Aquarell. »Klar. Mehnert. Das Licht da hinten auf dem Bild, das soll seine Stalin-Orgel darstellen.«

»Wer ist denn Ihr Freund, der alles entsorgt hat, Herr Thien?«, fragte Lukas nach.

»Der ist da Stabsgefreiter. Matthias Rudolf. Hat früher selbst an Naturschutzprojekten mitgearbeitet, bevor er zum Bund ist. Brauchte das Geld, außerdem wollte er dafür sorgen, dass die auf der Wehrtechnischen Dienststelle die Natur mehr achten. Früher hatte er mal beim Transrapid-Projekt mitgemacht, bis das gescheitert ist, hier in der Gegend. Danach hat er praktisch nie mehr Arbeit gefunden. Er muss noch zwei Jahre ableisten, dann macht er wieder hier bei uns mit.«

»Bei uns? Beim NABU, meinen Sie?«

Thien sah weiter auf sein Bild. »Nee, da bin ich nicht drin. Die machen gute Sachen, die haben damals das Naturschutzprojekt durchgesetzt, alles prima. Nee. Wir sind da anders drauf.«

Lukas und Hinnerk fragten nach, was er damit meinte. Thien schwieg. Entweder hatte Thien das Rudel verlassen müssen oder die waren ihm zu zahm. Dann unternahm er vermutlich mit anderen verschwiegenen Freunden direktere Aktionen.

So etwas machten meist jüngere Wölfe, die das Rudel verlassen hatten. Sie schlossen sich zu so genannten Junggesellenverbänden zusammen, bis sie groß genug waren, sich selbst ein Weibchen zu suchen. Aber dafür wirkte er zu alt.

»Kann man hier eigentlich ins Moor?«, fragte Lukas. »Können wir uns das morgen mal ansehen?«

Thien nickte. »Ich weiß genau, wo das passiert ist. Neun Uhr hier bei mir?«

Damit war das Gespräch bald beendet, wir verließen das Haus.

»Wir übernachten hier, Hinnerk«, kündigte Lukas an. »Heute Abend zurück nach Wittmund und morgen früh wieder hierher, das ist mir zu stressig.«

»Ich verstehe nicht, was das mit unserem Fall zu tun hat«, äußerte Hinnerk. »Mehnert hat zwar hier gearbeitet und hat Mist gebaut. Ich denke nicht, dass er das durfte, die Wölfe abzuschießen, selbst wenn die uns das als zulässigen Kollateralschaden verkaufen. Aber was hat das mit seiner Ermordung zu tun?«

»Der Mann ist ein achtfacher Mörder«, rief ich. »Das müssen doch alle wissen!«

»Ich glaube, Jackie möchte das weiterverfolgen, so wie er bellt. Protest«, sagte Lukas und drehte sich mir zu. »Sei still, mein Lieber, wir überlegen.« Er hatte mich also verstanden, der Gute.

Er wandte sich wieder an Hinnerk. »Wir müssen mehr über den Fall wissen. Er hat hier Leute auf die Palme gebracht. Einmal diesen Wolf Martens, der sich nach Aurich abgesetzt hat. Und dann diesen Matthias Rudolf, der Mehnert am liebsten gleich mit eingebuddelt hätte. Wer weiß, vielleicht gehören er und Thien zu einer Gruppe von militanten Naturschützern und haben erst mal Zeit verstreichen lassen, bevor sie zugeschlagen haben.«

Ich brummte Zustimmung. Thien hatte zwar mit dem dicken Schweinefleischesser, dem echten Mörder, nichts zu tun. Aber die Idee an sich war gut. Ich brauchte nur kurz an den beiden Verdächtigen zu schnüffeln, dann wusste ich, ob es einer von ihnen gewesen war, ob einer von ihnen der Dicke war. Wolf Martens klang schon mal gut. Ein Wolf, der andere Wölfe rächt. Ich war gespannt, aber auch müde und gähnte herzhaft.

»Siehst du, Hinnerk, Jackie ist geschafft von den vielen Ermittlungen. Wir suchen uns ein Hotel und sehen morgen weiter.«

KAPITEL 11

Nach einer Nacht in einem Hotel in der Innenstadt und einem guten Frühstück aus frischem Wasser und Rehleber fuhren wir zurück zu Thien, der schon auf uns wartete. Ein Auto hatte er nicht, er setzte sich hinten zu mir. Er roch nach Tier und Erde und damit sehr sympathisch; außerdem kraulte er mich die ganze Fahrt über, die leider zu kurz war.

»Ich habe angerufen, heute ist nicht gesperrt, wir können rein«, erklärte er. »Folgen Sie mir, wir müssen teilweise vom Weg runter, da kann man schon mal ins Leere treten. Komplett versinken würde hier im Moor niemand, aber bis zum Knie im Modder steckt man schnell mal.«

Er ging voraus und wich bald von dem schmalen Pfad ab, der in das Gebiet führte und stellenweise gar nicht mehr zu erkennen war. Er hatte gelogen; ich sank nicht bis zum Knie ein, sondern wiederholt bis zur Körpermitte, an einigen Stellen musste ich schwimmen. Tue ich sonst immer gern, aber wenn es so unvorbereitet kommt, man durch das dunkle Wasser nichts sieht und einem von unten modrige Pflanzen an empfindliche Körperteile fassen, ist es weniger schön. Ich stellte mir vor, an einer Moorleiche hängenzubleiben, einem Wolfsgebiss, zwischen dessen messerscharfen Zähnen ich mit einem Lauf hängenbleiben und dann immer tiefer in den Morast gezogen würde; zum Glück geschah nichts dergleichen. Eine Weile später waren wir wieder auf festerem Boden.

Wir standen vor einem schwarzen Teich, etwa achtzig Hundelängen im Durchmesser.

»Hier ist es an den Seiten nur deshalb trockener, weil die damals das gesamte Gelände ausgebaggert haben, aus Bequemlichkeit, damit ja keine Wolfsteile mehr gefunden werden. Die haben den Torf und alles gleich mit abgeräumt und zu irgendeiner Deponie gefahren. Hier an dieser Stelle war das. Leider kann man nichts mehr sehen.«

Hinnerk zog ein enttäuschtes Gesicht. Ich sah ihm an, dass er lieber nach Hause wollte. Lukas nutzte die Stimmung aus, in der sich Thien befand, Trauer und Aufregung vermischt mit dem Wunsch nach Rache.

»Sagen Sie mal, Herr Thien, Sie sprachen gestern davon, dass Sie an solche Vorfälle ganz anders rangehen würden als der NABU, viel radikaler, hatte ich verstanden. Sie und Ihr Freund Matthias Rudolf, der das hier alles ausgehoben hat. War doch so, oder?«

Das hatte er ganz geschickt gemacht, fand ich. Er bot Thien eine Möglichkeit, auf die zweite Frage zu antworten. Dann fiel ihm auch die Antwort auf die erste leichter.

»Jau. Matthias war ja bei den Pionieren, er kam mit schwerem Gerät hierher, mit noch zwei Leuten, zu strengem Stillschweigen verpflichtet, und hat alles abgefahren und abgetragen, was entfernt nach Wolf und Geschossteilen aussah. Von mir haben Sie das übrigens nicht.«

Thien nahm ein Gerät an die Augen, das er um den Hals trug, mit zwei großen schwarzen Augen vornedran und zwei kleinen hinten, durch die er hindurchsah.

»Seitdem ist das Gebiet für Wölfe eine Art No-Go-Zone, ich habe nach dem Vorfall zwar einige hier durchziehen sehen, aber hier in die Nähe hat sich keiner wieder hergetraut. Als ob sie das wüssten oder riechen könnten.«

Ich hatte das nachgeprüft und war an beiden Seiten des künstlichen Moorsees entlanggelaufen; von Wölfen keine Spur, von Lassie auch nicht. Die war woanders auf ihren Verehrer gestoßen. Aber dann fand ich doch etwas; einen Knochen mit was dran. Vorderbein und Pfote, komplett von Ameisen oder anderem Kleingetier abgenagt. Ich verglich das mit meinem eigenen Bein; der Knochen war ähnlich, nur fast doppelt so groß. Ich schnappte mir das Beweisstück und lief zurück zu meinen Assistenten.

»Was würden Sie denn machen, wenn Sie freie Wahl hätten? Wegen dieser Sache hier, meine ich?«, fasste Lukas bei Thien nach.

Der trat nah an ihn heran und sah ihm tief in die Augen. Hatte Lukas da was? Ich konnte nichts erkennen.

Thien setzte zum Sprechen an, trat dann wieder einen Schritt zurück und seufzte. »Klar jucken einem da die Finger. Aber es gibt ja auch Gerichte und die Presse und jede Menge Online-Portale. Man darf sich doch von den Anwälten nicht einschüchtern lassen. Es gibt immer etwas, das man tun kann. Einfälle muss man haben.«

»Würde das eine, ich sage mal, private Bestrafung von Mehnert einschließen? Dem mal so ordentlich die Fresse polieren oder so?«, fragte jetzt Hinnerk, der auf Lukas'

Gedankenzug aufgesprungen war.

Thien grinste. »Wie kommen Sie denn auf so was? Nee.«

»Ganz nebenbei mal, Herr Thien«, fragte Lukas weiter. »Wo waren Sie selbst am Sonntag und Montag? Waren Sie in den letzten Tagen mal im Kreis Friesland unterwegs?«

»Und besitzen Sie eine Waffe?«, setzte Hinnerk nach.

Thien nickte. »Habe ich. Ein Blasrohr, von Indianern aus Südamerika. Für Betäubungspfeile, aber nur im Notfall und nur für meine Tauben. Ach so, ich war die ganze Zeit hier, können Sie gern meine Frau oder meinen Sohn fragen, die können das bezeugen.«

Das Gespräch ging noch eine Weile weiter. Hier vor mir auf dem Gelände hatte dieser inzwischen tote Mehnert mit fliegenden Bomben ein ganzes Wolfsrudel ausgelöscht. Was für eine schöne Gegend, dachte ich. Wasser, Deckung, genug jagdbares Wild, keine Menschen weit und breit. Die Sonne brannte vom Himmel, obwohl es noch früh war.

Ich stellte mich vor Lukas und knurrte ihn an. Sieh dir endlich mal meinen Fund an. Von wegen, da ist nichts mehr. Einfach mal die Profis ranlassen, Leute.

Lukas sah mich an. »Mensch, Jackie! Lass doch den vergammelten Knochen liegen! Als ob du zu Haus nicht genug zu fressen kriegst!«

Er versuchte, mir das Beweismittel wegzunehmen und in den See zu schmeißen. Ich knurrte. Wag es nicht!

»Hey«, sagte Thien und ging in die Hocke. »Das ist ein Wolfsgeläuf, eindeutig. Tollen Hund haben Sie da. Das müssen Sie mitnehmen, das ist ein Beweisstück.«

Der Mann wurde mir immer sympathischer. Ich legte den Knochen vor ihm ab.

»Das ist natürlich was anderes«, fand Lukas, zog eines seiner durchsichtigen Beutelchen aus einer seiner vielen Taschen, stülpte es über den Lauf und behielt ihn in der Hand.

Na also! Ging doch! Ich sprang vor Freude in den Teich, der tief genug aussah, und schwamm eine Runde durch das schwarze Wasser, das herrlich kühl war.

Als ich zurück war, schickten sich die Menschen zum Zurückwackeln an. »Ich kann Ihnen noch die Videos und Wildkameraaufnahmen zeigen, unter dem Siegel der Verschwiegenheit«, bot Thien meinen beiden Helfern gerade an. »Dürfen Sie aber nicht verwerten, sonst kann ich Ihnen das nicht zeigen.«

Lukas winkte ab. »Nee, lassen Sie man, das bringt nichts. Wir glauben Ihnen das und können uns schon lebhaft vorstellen, wie so etwas aussieht, schrecklich, will ich gar nicht sehen, und mein Jackie bestimmt auch nicht, nicht wahr, Hund?«, fragte er mich direkt.

Ich schüttelte das Wasser aus dem Fell, was hoffentlich Antwort genug war.

»Uns geht es mehr darum, wer ein Interesse daran gehabt haben könnte, Mehnert zu beseitigen. Wir bringen Sie jetzt nach Haus, Herr Thien, dann befragen wir noch kurz Ihre Frau nach Ihrer Anwesenheit, das war's dann erstmal für heute.«

Am Auto gab mir Lukas ein Handtuch und half mir beim

Abtrocknen, obwohl das meiste Wasser schon beim Schütteln rausgegangen war. Im Auto redeten die Menschen weiter; manchmal ist es anstrengend, ihnen die ganze Zeit zuzuhören, schließlich ist Menschisch für Hunde eine Fremdsprache. Ich rollte mich zusammen, hechelte Thien beim Aussteigen kurz zu und blieb liegen. Ich erwachte erst wieder, als wir unser nächstes Ziel erreicht hatten.

KAPITEL 12

Lukas steuerte unsere Kutsche zurück zu dem schwer bewachten Gelände, auf dem wir gestern schon gewesen waren. Am Tor fragte er einen Mann, der in einer hohen Hundehütte für Zweibeiner stand.

»Wir sind's noch mal, LKA Niedersachsen. Wir möchten dringend mit einem Stabsgefreiten sprechen, Matthias Rudolf. Das ist eine persönliche Befragung, rufen Sie ihn bitte heraus, wir möchten hier vor dem Tor mit ihm reden.«

Der Wachmensch hatte ein paar Fragen, griff dann aber zu einem altertümlichen Sprechgerät mit einer Art spiraliger Ranke daran und sagte etwas.

»Er redet mit seinem Vorgesetzten. Wenn nichts dagegenspricht, ist er gleich hier.«

Wir stiegen aus und sahen uns draußen ein wenig um. Hinnerk ging an einen Baum und markierte ihn. Ich ging hin und las; keine Botschaft, nur ein Hinweis, dass seine Prostata nicht mehr in Ordnung war. Ich rief ihm das zu.

»Ist ja gut, war dringend, Jackie«, brummte er.

Schließlich kam ein Rüde in bunter Kleidung angelaufen, die mich an Herbstlaub erinnerte.

»Hört das denn nie auf?«, fragte er noch im Laufen. »Was ist nun schon wieder?«

Lukas führte in ein paar Schritte beiseite, aus menschlicher Hörweite hinaus. Zum Glück war kein Hund in der Nähe, sonst war es aus mit der geplanten Geheimhaltung des Gesprächs.

Lukas zeigte ihm den Knochen, den ich entdeckt hatte. »Das ist der Vorderlauf eines Wolfs, gefunden in der Staverner Dose, Herr Rudolf. Wir werden die DNA prüfen lassen und sind sicher, dass dieser Wolf zu einem verschwundenen Rudel gehörte, das sich dort aufhielt.«

»Es geht gar nicht um den Unfall?«, fragte der Mensch im Herbstlaub-Anzug.

»Von einem Unfall wissen wir nichts, wir sind nicht von der lokalen Polizei, sondern vom LKA«, erklärte Lukas. »Wölfe stehen unter Naturschutz. Es gab Drohnenbeobachtungen, die uns zugespielt worden sind. Sie werden von dritter Seite beschuldigt, alle oder fast alle Spuren der Tötung des gesamten Rudels beseitigt zu haben.«

Gut so; Lukas hatte aufgepasst. Denn von dem Film, den wir gesehen hatten, durfte er ja nichts erzählen.

Der Rüde wurde heller im Gesicht. Das kommt davon, wenn man kein Fell hat, dachte ich. Da merkt gleich jeder, was Sache ist.

»Ich kann und darf dazu keine Aussagen machen. Ich führe außerdem nur Befehle aus, wenn überhaupt mal was war. Tut mir leid.«

»Das haben die Angestellten in den KZ der Nazis auch gesagt«, warf Hinnerk ein, der vorher seine Kaustange zum Dampfen gebracht hatte. »Keiner ist es nachher gewesen.«

Ich ahnte schon, was meine beiden Leute vorhatten. Etwas Ähnliches wie anknurren, damit das Gegenüber nervös wurde und sich zu unbedachten Handlungen oder Äußerungen hinreißen ließ.

»Hören Sie mal! Das können Sie doch nicht vergleichen! Selbst wenn das mit den Wölfen damals brutaler Mord war, wenn Sie mich fragen.«

»Wir fragen Sie«, bestätigte Lukas. »Wer hat das damals veranlasst? Sie selbst?«

»Das ist ein militärisches Geh... ach, Scheiße, Sie wissen es doch sowieso, dass der Arsch von Mehnert das war, warum fragen Sie mich eigentlich so blöd?«

Der Mensch wurde jetzt rot statt weiß im Gesicht. Das war so, als ob sich, wenn er ein Hund gewesen wäre, sein Nackenfell aufgerichtet hätte.

Lukas klopfte pietätlos mit dem eingetüteten Knochen in seine andere Handfläche. »Genau. Dieser Arsch. Der war es. Dem hätte damals doch jeder gewünscht, dass er selbst mal mitten in so einem Feuerorkan steht.« Lukas wirkte erregt, ich wusste, dass er das nur bluffte. Aber er machte das gut.

»Dem haben doch alle die Pest an den Hals gewünscht«, sagte Rudolf jetzt, während er sich vorsichtig umsah, ob auch niemand mitgehört hatte. »Kommt ungestraft davon, der Arsch. Unverzeihlich.«

Hinnerk stieß beim Sprechen kleine Rauchwölkchen aus. »Wenn das schon nicht offiziell verfolgt wird, weil uns keiner informiert hat, damals, dann muss man das eben selbst in die Hand nehmen, damit die Gerechtigkeit siegt, so ist es doch«, puffte er. »So etwas darf nicht ungesühnt bleiben.«

Der Mensch sah von Lukas zu Hinnerk und zurück. Die beiden erwarteten offenbar eine Art Bekenntnis. Aber der Herbstliche hatte damit nichts zu tun, er roch anders als der

Totmacher. Nur wussten meine Begleiter das nicht. Mir hörte mal wieder keiner zu.

Mir gab das Gespräch die Möglichkeit, mehr über den wahren Kriminalfall herauszufinden, den kaltblütigen Mord an einem ganzen Rudel Wölfe.

»Es geschehen noch Zeichen und Wunder«, staunte der Mann und zeigte auf den Knochen. »Jetzt wollen Sie das also doch wieder aufrollen, finde ich gut. Dann bekommt der Typ endlich seine verdiente Bestrafung.«

Lukas und Hinnerk sahen sich an. Ich kann menschliche Mimik ganz gut lesen; war wohl nichts, sagte Hinnerks Gesicht. Der Mann weiß gar nicht, dass Mehnert tot ist.

»Mal was anderes, rein aus beruflichem Interesse. Was haben Sie für eine Handfeuerwaffe?«, fragte Lukas und machte eine interessierte Miene.

»Eine Walther P8 Combat, wieso? Haben doch fast alle«, antwortete Rudolf.

»Das ist eine Neun-Millimeter-Pistole, oder?«, fragte Lukas nach, obwohl er die Antwort schon wusste.

»Ja. Kaliber neun neunzehn.« Der Mann sah verunsichert aus.

»Mit dem Kaliber ist Mehnert vor ein paar Tagen erschossen worden«, berichtete Lukas. »Waren Sie die ganze Zeit hier, oder haben Sie die Einheit in der letzten Zeit mal verlassen?«

»Mehnert ist tot?« Der Mann bekam das Maul nicht mehr zu. »Wow. Das ist ja mal was Neues.«

Hinnerk erinnerte ihn an die Frage. »Waren Sie die ganzen letzten Tage hier?«

»Am Sonntag war ich mal einen halben Tag draußen, meine Freundin besuchen, die wohnt in Sande«, sagte der Mann. »Aber ohne Waffe, die darf ich gar nicht mit rausnehmen, falls Sie glauben, ich wäre das gewesen. So einer bin ich nicht.«

»Wir möchten Sie bitten, uns Ihre Dienstwaffe trotzdem für ein paar Tage zu überlassen, um Sie als Täter ausschließen zu können«, sagte Hinnerk. Ich sah ihm an, dass er das genaue Gegenteil meinte. »Mit einem Nachweis, dass es tatsächlich Ihre Waffe ist, die Sie uns geben, also mit Nummer und allem.«

»Darf ich nicht«, erwiderte Rudolf. »Da müssen Sie meine Vorgesetzten fragen. Falls die zustimmen, bringe ich Ihnen die Waffe. Wohin denn, wenn die ja sagen? Ich möchte ja nicht zu Unrecht verdächtigt werden.«

»Nach Wittmund aufs Revier, wir hospitieren da«, klärte Lukas ihn auf. »Wie finden Sie das denn, dass der Mehnert dran glauben musste? Freut Sie das nicht ein wenig?«

Der Mensch zog seine Lippen zusammen, etwas, das ich nur bei Menschen beobachtet hatte. Das Maul sieht dann aus wie ein ganz anderer Körperteil.

»Tja. Was soll ich sagen. Gemischte Gefühle. Einerseits hatte er eine Strafe verdient, aber umgebracht werden muss doch deshalb keiner. Er war ja sonst ein perfekt funktionierender Soldat, nicht mehr und nicht weniger. Na ja, ein wenig Schadenfreude vielleicht schon.«

Der Mensch grinste. »Wissen Sie denn, wer das war?«

»Dann wären wir jetzt nicht hier«, sagte Hinnerk. »Mord bleibt Mord, wir müssen das aufklären. Was meinen Sie, gibt es jemanden aus seinem Umfeld, dem Sie das zutrauen würden?«

»Äh – jedem?«, grinste Rudolf. »Aber Scherz beiseite. Nicht wirklich. Sauer waren viele auf ihn, richtig gemocht hat ihn auch keiner, aber umbringen? Nee, das ist dann doch eine andere Hausnummer.«

»Und privat? Hatte er außerhalb des Militärs Freunde, Geliebte, eine Stressbeziehung?«, fragte Lukas. »So etwas kann auch leicht in Gewalt umschlagen.«

Der Mann kratzte sich am Schädel. »Keine Ahnung. Von Frauen habe ich nie was gehört, was ihn angeht. Vielleicht war er ja schwul und hat das geheim gehalten, was weiß ich.«

»Na gut.« Lukas suchte in einer seiner Taschen nach etwas und zog ein Stück Papier heraus, das er dem Herbstmann gab. »Hier ist meine Karte. Geben Sie die bitte Ihrem Vorgesetzten, er soll mich wegen Ihrer Waffe anrufen und alles Nötige veranlassen. Ansonsten war es das erstmal für heute.«

»Und was ist damit?« Rudolf zeigte auf den Knochen. »Da haben Sie doch jetzt einen Beweis. Passiert da nun noch was?«

»Wenn Mehnert als Veranlasser tot ist? Was soll das noch bringen?«, antwortete Lukas. »Wir denken da mal drüber nach. Vielleicht geben wir das dem NABU oder anderen Naturschützern. Diesem Reents Paulsen, dem Wolfsbeauftragten. Eventuell nützt denen das was für ihre Argumentation.«

»Gute Idee. Ich gehe dann mal wieder rein. Guten Tag, die Herren. Das mit der Waffe werde ich veranlassen. Moin.«

Als wir wieder in der Kutsche saßen, streckte sich Hinnerk auf seinem Beifahrersitz. »War wohl nix, Lukas. Und das mit dem Knochen würde ich lassen. Ist doch kein LKA-Job. Und viele Leute finden das gar nicht so toll mit den Wölfen.«

»Doch, ich mache das so«, antwortete mein Assistent. »Das war eine Schweinerei, das soll ruhig jeder wissen. Von sich aus dürfen die nichts sagen, aber wenn Jackie ihnen neues Beweismaterial liefert, ist das doch was anderes. Kommissar Spürnase rollt einen alten Fall neu auf.«

Hinnerk grummelte vor sich hin, sagte aber nichts mehr. Wir fuhren zurück zu dem Ort, an dem wir vorhin gewesen waren, Lukas ging allein in ein Haus und kam ohne Knochen heraus.

»So. Das wäre erledigt. Und jetzt knöpfen wir uns den nächsten Verdächtigen vor. Wolf Martens. Such schon mal die Adresse auf dem Navi raus, Hinnerk. Danke.«

KAPITEL 13

Eine halbe Stunde später fuhren wir durch ein Industriegebiet, einem Ort ohne viel Grün, voll mit Beton, Metall, Kutschen, Maschinen und Dreck. Alles Dinge, die die Menschen unweigerlich irgendwann auf einen der vielen Müllhaufen transportieren würden.

»Südbrookmerland«, kommentierte Hinnerk, Kaustange im Mund. »Nicht direkt in Aurich. Das alles hier war auch mal ein Moor, wie der Name sagt. Brook und Mer sind beides Namen dafür, oder, Lukas? Du bist doch von hier oben.«

»Stimmt schon. Aber das hier ist der Ortsteil Georgsheil, da liegt die Gießerei, in der dieser Martens Arbeit gefunden hat. Gehört alles zu Aurich. Da vorne ist das übrigens schon.«

Wir hielten, ich führte Lukas als Erstes an einen der wenigen Bäume, die an der Straße standen. Eine Nachricht über einen Wolf Martens oder einen dicken Schnauzer, bei dem er wohnen sollte, fand ich leider nicht. Ich postete meine Frage nach ihnen, dann ließ ich Lukas den Vortritt auf ein Industriegelände. Es roch nach Eisen und Kohlenstoff, ich spürte die Hitze, die aus einer Halle kam. Machten die hier etwa die Eisenrohre, in denen mein Essen aufbewahrt wurde?

Wir betraten ein anderes Gebäude, in dem viele Menschen hinter Tischen saßen und Finger-Übungsgeräte und Papierstapel vor sich hatten. Kein einziger Hund war zu sehen; die armen Menschen. Ich konnte mir nicht vorstellen, dass es Spaß machte, hier den ganzen Tag führungslos zu sitzen.

»LKA Niedersachsen«, stellte Lukas uns vor und nannte unsere Namen. »Wir möchten einen Herrn Wolf Martens sprechen, der hier bei Ihnen arbeitet.«

»Und seinen Hund, einen Schnauzer«, fügte ich hinzu. »Nicht jetzt, Jackie«, sagte Lukas nur. »Bell hier nicht rum.«

»Moment, er müsste in der Gießerei sein«, antwortete sie. »Ich lasse ihn holen, wenn er nicht gerade beim Guss ist. Die können da nicht immer weg.«

Wir warteten ein paar Minuten, dann kam ein sehr hoher Mensch in blauer Kleidung auf uns zu, der mehr Fell hatte als viele andere, zum Beispiel über dem Mund und über den Augen, aber auch in einem schmalen Streifen unter dem Kinn.

Ich schnüffelte an seinen Beinen, während die Menschen sich zur Begrüßung anbellten. Der Typ war gar nicht mit einem Schnauzer zusammen; viel schlimmer, ich konnte deutlich wahrnehmen, dass er bei einer Katze lebte.

Prinzipiell habe ich nichts gegen Katzen. Sie fangen Mäuse, besser als viele von uns, sie kommen gut alleine zurecht, alles toll. Aber sie bescheißen, sie sind falsch, von vorne bis hinten. Und das finde ich bescheuert, aber total.

Als wir uns vor langer Zeit die Menschen gefügig gemacht hatten, lebten sie noch auf den Bäumen. Die Katzen, meine ich, die Menschen konnten schon eine Weile auf ihren Hinterbeinen rumstehen und langsam vor sich hin wackeln. Als sie dann sahen, was wir unseren Zöglingen alles beigebracht hatten, bis hin zu einer stabilen Nahrungsversorgung für uns, Schutz vor dem Regen, kostenloser Transport und all das, haben sie sich angeschleimt. Ein paarmal an den Beinen vorbeistreichen, schnurrende Geräusche von sich geben, mal eine Maus mitbringen, so tun, als würden sie mit Menschen schmusen und sie mögen. So machen die das.

Manche gehen nicht einmal mehr nach draußen, wie es jeder ordentliche Hund machen würde. Stattdessen lassen sie sich eklige Sandkästen aufstellen und bewegliche Klappen in die Türen bauen, damit sie auch drinnen im Haus lösen und nach Belieben rein und raus können. Voll die Schmarotzer.

Ich meine, wir Hunde passen auf unsere Menschen auf, damit sie alles richtigmachen. Wir beschützen sie, wir warnen sie, wir passen auf unser Hab und Gut auf.

Katzen? Das interessiert die alles einen feuchten Kehricht. Sie nutzen unsere Menschen nur aus, völlig schamlos, und nehmen uns die Plätze weg, die wir uns so sorgsam über so lange Zeit geschaffen haben. Jeder Mensch mit einer Katze ist ein Platz weniger für einen Hund. Solche Schnorrer!

Ich sage das jeder Katze, die ich sehe, und scheuche sie auf den nächsten Baum. Das sind unsere Menschen, Katzen haben da nichts verloren. Damit das mal klar ist.

Wenn dieser Mensch im Banne einer Katze lebte, war es vorstellbar, dass er mit dem Mord an den Wölfen etwas zu tun haben könnte. Obwohl er selbst Wolf genannt wurde. Das passte für meinen Ermittlergeschmack alles nicht zusammen.

Meine Menschen befragten ihn gerade zu Mehnert, an dessen verdientem Tod sie stärker interessiert zu sein schienen als am Lupozid.

»Herr Martens, Sie hatten vor ein paar Jahren mal eine Schlägerei bei Schloss Clemenswerth, im Biergarten. Ihr Gegner hat sie dann in die Knie gezwungen, und Sie sollen ihm die Pest an den Hals gewünscht haben«, sagte Hinnerk.

»Mehnert ist tot, er ist im Kreis Friesland ermordet worden, eine gute halbe Autostunde von hier entfernt«, setzte Lukas nach. »Sie waren doch Montag Morgen bei Wilhelmshaven unterwegs, wie wir wissen. Sie sind zu schnell gefahren und sind geblitzt worden. Das passt zeitlich exakt zur Tatzeit. Sie waren dort. Warum haben Sie Mehnert ermordet, und warum erst jetzt? Erzählen Sie mal.«

Davon wusste ich gar nichts. Lukas musste das gestern Abend auf seinem Klapperkasten gesehen haben, auf dem er noch zwei Stunden lang Fingerübungen gemacht hatte, bevor er ins Bett gegangen war. Während dieser Übungen erscheinen dort anscheinend Nachrichten. Aber musste Wolf Martens nicht tot sein, wenn es geblitzt hatte? Wie die Wölfe im Film? Lukas sprach mal wieder in Rätseln.

Der Befragte ließ seinen Unterkiefer herunterklappen und starrte meinen Assistenten wie blöd an. Manchmal haben sie diese Starre. Vielleicht wäre er ja lieber weggelaufen oder hätte angegriffen, aber bei Menschen sind viele

Reflexe nicht mehr so in Ordnung.

»Ich habe Naben zum Hafen gefahren, für Brasilien«, sagte er, als er den Mund wieder zubekommen hatte. »Emden war voll, in Wilhelmshaven ging noch was. Sie können sich gerne die Frachtpapiere ansehen und meinen Fahrtenschreiber.«

Lukas und Hinnerk wollten beide etwas sagen, aber Martens war schneller.

»Und mit diesem Arsch von Mehnert habe ich rein gar nichts zu tun. Der hat uns damals ein Wolfsrudel abgeknallt, mitten im Naturschutzgebiet, stellen Sie sich das mal vor, und wir sollten wegen eines bescheuerten Urteils alle deswegen die Schnauze halten. Klar wollte ich dem eins auf die Nase geben, dem gehörte ordentlich die Fresse poliert, aber der konnte ja Karate. Und ist straflos davongekommen, die Sau.«

Der Mann zog mit einem raschen Einsaugen die Flüssigkeit in seiner Nase hoch, damit sie nicht raustropfte.

»Aber den abstechen? Nee, meine Herren. Wir sind friedliche Leute, Wurst wider Wurst, dat löppt nich.«

Hatte ich etwas von Wurst gehört? Der Mann wurde mir ein wenig sympathischer.

Hinnerk hatte ebenfalls etwas herausgefunden. »Sie haben doch nach dieser Schlägerei ihren Job bei der WTB verloren und mussten sich hier nach was Neuem umsehen, wie wir erfahren haben. Sie haben damals in der Wartung gearbeitet und hatten Zugang zu allen möglichen Waffen. Woher wissen Sie eigentlich, dass Mehnert erstochen worden ist?«

Der Mann wurde blass. Musste er gar nicht, dachte ich, dieser Mehnert war doch mit einem Knallrohr totgemacht worden, nicht mit einem Messer. Trotzdem tat Hinnerk so, als ob es wahr wäre. War das ein Trick?

»Leise, bitte«, bat er meine beiden Menschen. »Ich will den Job hier nicht auch noch verlieren. Weiß ich doch gar nicht, das mit dem Messer«, stotterte er jetzt. »Habe ich mir nur so gedacht. Stand da nicht was in der Zeitung?«

»Sie tun nur so scheinheilig, weil Sie genau wissen, dass er in Wirklichkeit erschossen worden ist, mit einer Neun-Millimeter-Pistole«. Hinnerk knurrte fast.

»Wenn Sie jetzt sagen, er wäre erstochen worden, wollen Sie sich doch nur rausreden. Solche Tricks haben wir schon im Kindergarten durchschaut. Sie hatten Brast auf Mehnert, sie wollten sich rächen, sie waren in der Nähe, und Sie hatten schon immer Zugang zu Waffen und Munition. Wenn Sie gestehen, wird sich das positiv auf das Urteil auswirken, Herr Martens.«

Jetzt wusste ich, was meine beiden Menschen vorhatten. Martens war inzwischen ganz weich in den Knien, was bei Zweibeinern besonders schlimm ist. Er war in der Defensive, sein Panzer war durchbrochen. Wie bei einer Walnuss, die ich im Herbst immer gern aufbeiße. Das Weiche lag jetzt offen zutage, Lukas und Hinnerk mussten nur noch zupacken, dann hatten sie ihn.

Nur war er es ja gar nicht gewesen. Martens duftete nach Gemüse, er hatte seit längerer Zeit kein Fleisch mehr gegessen, er roch auch nicht nach Rauch und dick war er ebenfalls nicht. Was, wenn die beiden ihn jetzt in einen Zwinger steckten, und er war gar nicht schuld? Trotzdem zeigte er die gleichen körperlichen Reaktionen, als ob er es wirklich getan hätte.

Ich sagte ihnen das. Mit dem gleichen Ergebnis wie immer.

»Ist ja gut, Jackie, wir gehen ja bald. Sitz! Wir sind gleich fertig.«

Ich setzte mich. Aber nur, damit sie endlich hinmachten und den Menschen wieder gehen ließen.

»Lustig. Sie möchten mir das gern anhängen, was? Da wird nichts draus. Ich habe keine Pistole, ich würde dem Mehnert jederzeit ordentlich eins auf die Nase geben, klar, das ist richtig. Aber ich bin Tierfreund. Ich schieße nicht auf Schweine. Und ich war die letzte Woche ausschließlich hier in Aurich. Wenn nicht auf Arbeit, dann entweder im Garten, mit meiner Freundin, zu Haus, auch mit meiner Freundin, Einkaufen, auch mit ihr, oder im Bett.«

»Auch mit Ihrer Freundin«, ergänzte Hinnerk.

»Worauf Sie einen lassen können«, bestätigte Martens.

Ich verstand gar nichts mehr. Auf ein Schwein war doch gar nicht geschossen worden, sondern auf Wölfe. Und Hinnerk ließ auch kein Gas ab, trotz der Aufforderung des Katzenmenschen.

»Name und Adresse«, verlangte Lukas und hielt ihm seinen Plapperkasten hin. Martens tippte mit dem Finger darauf herum. »Und Telefonnummer«, schob Lukas nach.

Martens tippte weiter.

»Gut. Das hätten wir so weit geklärt. Halten Sie sich zu unserer Verfügung, Herr Martens, verlassen Sie bitte Ostfriesland nicht, ohne uns vorher Bescheid zu geben.«

»Ja, ja«, murmelte der. »Schon klar.«

»Sie können zurück an Ihre Arbeit, Herr Martens«, entließ ihn Lukas. »Wir melden uns.«

Als der Mensch gegangen war, wandte sich Lukas an ein Weibchen, das hinter einem Tisch saß. »Bitte suchen Sie uns raus, ob Herr Martens die ganze Zeit am Arbeitsplatz war, oder ob er zwischendurch mal weg war. Und wir hätten gern eine Aufzeichnung seiner Fahrt nach Wilhelmshaven, vom Fahrtenschreiber. Schicken Sie das bitte hierhin.« Er gab ihr ein Stückchen Papier. »Danke und auf Wiedersehen.«

Ich ahnte schon, dass wir jetzt zu der Freundin des Mannes fahren würden und dort auch nichts Neues erfahren würden. Aber so machen die Menschen das. Sie folgen erst allen falschen Spuren, bis die richtige übrigblieb.

Ich durfte nicht mit rein. »Der Hund muss draußen bleiben, sonst wird Minka rebellisch«, sagte das Weibchen an der Tür von Martens' Wohnung. Lukas befragte sie gleich draußen; wie erwartet, bestätigte sie alle Aussagen des Mannes mit dem dichten Oberlippenbart, und wir konnten weiter.

Ich musste endlich an meinen Arbeitsplatz. In den Schlosspark, um mich mit allen Informanten auszutauschen.

KAPITEL 14

Lukas und Hinnerk wollten pflichtschuldigst zurück zu meinem Büro, aber ich hatte andere Prioritäten. Ich erlaubte Lukas, sich mit seiner Leine bei mir einzuhaken und zog los, hinein in den Park.

»Ich komme gleich, Hinnerk, Jackie hat noch was zu erledigen«, teilte Lukas ihm wahrheitsgemäß mit. »Schau doch schon mal, was sich hier in der Zwischenzeit getan hat, seitens Spurensicherung, Rechtsmedizin, Ballistik und so.«

Ich machte Druck, Lukas kam kaum hinterher. Schon am ersten guten Baum war eine Nachricht von Teddy. »Leonie ist ein weißer Zwergschnauzer. Sie wohnt da, wo die Menschen immer Sachen holen und wo keine Kutschen fahren. Sie hat eine Menschin mit langem Kopffell, bis an den Popo, pechschwarz, mit so einem durchsichtigen Schutz vor den Augen. Leider gerade selten draußen. Passt auf, Leute, Gelegenheit macht Liebe, ihr wisst schon.«

Ich brauchte eine Weile, um das alles zu verstehen. Teddy ist ein älterer Hund, der nicht mehr so viel Druck auf der Blase hat, und hatte seine Neuigkeiten über den ganzen Baum verteilt. Man muss das alles ja in der richtigen Reihenfolge lesen und von den alten Informationen trennen. Erst hatte ich gelesen, dass ein dicker Mann mit langem Kopffell läufig war. Die Nachrichten werden ja alle übereinander geschrieben. Lukas hatte wenig Verständnis für diese wichtige Info und versuchte, mich weiter in den

Park hineinzuzerren.

»Nun mach schon, Jackie, ich habe nicht den ganzen Tag Zeit«, moserte er. Ich machte. In zwei Strahlen bedankte ich mich bei Teddy und ließ alle wissen, dass ich es sein würde, wenn es überhaupt einer schaffen würde. Als Kommissar hätte man schließlich seine Privilegien.

Ich wollte zum gelben Kasten, an dem wir so viel posten. Ein Post-Kasten sozusagen.

»Mensch, Jackie, was willst du denn da? Lass uns doch schön hier im Park bleiben. Mach endlich mal dein Häufchen!«

Am Ende des Entenparks hatte Trippel X, mein treuer Informant, Neuigkeiten hinterlassen. »An Jackie. Der Dicke ist nicht wieder aufgetaucht. Dafür zwei weitere Rüden, die nach dem Weibchen mit diesen Rauchrollen rochen. Das habe ich gefunden. Wohnt in der zweiten Reihe und dann links, riecht auffällig nach Chrysanthemen und Angst. Würde ich mir an deiner Stelle vorknöpfen. Viel Erfolg.«

Nino und Mia hatten ebenfalls etwas gepostet, das hatte mit dem Fall aber nichts zu tun. Dafür hatte ein englischer Bullterrier etwas behauptet. »Leonie is mine«, hatte er gesprüht. »Hands off, buddies!«

»Das werden wir ja sehen, Krummbein«, sprühte ich zurück. »Halt dich bloß zurück, sonst mache ich dir Beine, aber richtige!«

Lukas sah auf sein Handgelenk, wo er ein Gewicht trug, das ihn ab und zu zum Hinsehen verleitete. »Mach hin,

Jackie«, forderte er.

Ich hielt mich zurück. Getreu nach Pavlov würde er seine Belohnung erst bekommen, wenn ich mein Ziel erreicht hatte. Und das war ein Haus weiter vorn.

Wir hatten Glück. Bevor wir am Gebäude angekommen waren, kam uns das Weibchen schon entgegen, mit einer Tasche in der Hand. Sie roch nicht mehr nach Chrysanthemen und Angst, dafür nach altem Bettschweiß und Rauch, ich erkannte sie trotzdem sofort. In der freien Hand hatte sie eins dieser Rauchröllchen, das schon von weitem einen aufdringlichen Mentholgeruch im beißenden Rauch verströmte.

Die Zeugin! »Halt! Stehenbleiben! Wo ist der dicke Schweinefleischfresser? Sofort alles sagen!«, rief ich ihr schon von weitem zu.

Lukas hatte wie immer nichts verstanden. »Entschuldigen Sie bitte«, sagte er zu dem Weibchen. »So ist mein Hund sonst gar nicht. Jackie, lass das!«, forderte er mich auf. »Ruhe!«

»Mensch, Lukas, das ist die Frau, die den Totmacher kennt!«, rief ich ihm zu.

»Nun ist aber gut«, sagte er beschwichtigend und ließ sich auf seine Hacken nieder. »Ist ja alles in Ordnung. Feiner Hund!«

Das Weibchen hatte sich kopfschüttelnd entfernt. Ich sah genauer hin. Sie hatte sich den Glühstab wieder in den Mund gesteckt und daran gesaugt. Sie gab ein paar Rauchsignale ab und sah sich das Papierröllchen an. Es war kürzer geworden und glimmte weiter vor sich hin. Einmal nimmt sie es noch, dann schmeißt sie das weg, folgerte ich daraus. Das musste ich abwarten.

Es gibt eine Methode, Zeit zu gewinnen. Anhalten, sich ein, zwei Male im Kreis drehen, den Rücken krümmen, ein angestrengtes Gesicht machen und dann langsam abdrücken.

Und schon suchte Lukas nach einer Tüte, in die er alles packte, mit einem Griff auf links. Ich sah zu dem Weibchen hin, das tatsächlich gerade das verbrauchte Röllchen ins Gras warf. Bingo!

Ich zog Lukas dorthin, während er nach einem Nachrichtensammelkorb suchte. Ich sah seinen Blick, mit dem er den Post-Kasten ansah, aber er beherrschte sich und trug meine Belohnung weiter mit sich herum.

Auf einem Platz mit vielen Kutschen hatte er einen Sammelbehälter entdeckt und zog mich mit dorthin. Mist, dachte ich. Jetzt ist das Weibchen über alle Berge.

Ich war wieder mit Ziehen dran. Eine Minute später stand ich vor dem Röllchen und schnüffelte daran herum. Kein Zweifel.

Nun zog Lukas wieder, aber ich blieb standfest vor dem Röllchen stehen und hob die linke Vorderpfote und streckte den Schwanz. Ein Zeichen, das Menschen angeblich erkennen sollten.

»Was ist denn da, komm doch, Jackie!«, bellte Lukas, bis er endlich nachsah.

»Ah. Ich verstehe. Du hast wieder eine Kippe gefunden.

Magst du nicht, wenn die Leute alles wegschmeißen, nicht? Warte, ich bringe sie in den Müll.«

Er nahm das Röllchen auf und brachte es zu demselben Behälter, in dem auch mein Tütchen lag. Würde das jemand abholen und auswerten? Irgendwie hatte ich meine Zweifel.

Das Weibchen war verschwunden, durch den Park durch, an meiner Dienststelle vorbei und dorthin, wo Leonie wohnen sollte. Ich war kurzfristig versucht, hinterherzugehen und dabei vielleicht ein Date abzustauben und gleichzeitig das Qualmweibchen zu stellen, andererseits wollte ich wissen, was meine Assistenten in der Zwischenzeit rausgefunden hatten.

Der wirklich wichtige Fall, der Mord an den Wölfen, hatte sich in meinen Augen aufgeklärt. Dieser Mehnert war dafür verantwortlich, und jemand hatte sich dafür an ihm gerächt. Das machte den Mord an ihm eher zu einer Strafaktion, und ich fragte mich, ob ich noch wissen wollte, wer ihn totgemacht hatte. Da es keine weiteren Fälle gab, blieb mir nichts anderes übrig.

Wir gingen wieder rein.

Lukas berichtete den Kollegen von der Aktion Mehnerts mit den Wölfen und den Feinden, die er sich damit gemacht hatte, und unseren Gesprächen mit den Verdächtigen. Dass ich wichtige Indizien gefunden hatte, vergaß er wie fast immer.

»Hier ist vorhin eine Pistole von einem Bundeswehr-Jeep abgegeben worden, ordentlich in einer Beweismitteltüte«, unterbrach ihn Svantje. »Stimmte alles, der Besitzer auf der

Karte, die Nummer, der Name Matthias Rudolf. Wir haben gleich mal vorsichtig daran geschnüffelt; aus der Waffe ist seit Wochen nicht mehr geschossen worden.«

»Schickt sie trotzdem nach Hannover, zum Abgleich des Laufs mit dem Geschoss, das Jackie gefunden hat.«

Also. Ging doch. Sie hatte sogar am Knallrohr geschnuppert.

»Er könnte die Waffe ordentlich gereinigt und mit altem Fett auf unbenutzt erscheinen lassen können. Wir müssen da auf Nummer sicher gehen.«

»Was hat sich hier sonst noch ergeben, Svantje?«, fragte er die Pudeldame mit der feuerroten Fellkugel auf dem Kopf. »Erzähl mal.«

»Tja, Sinja, Johanna und ich, teilweise auch Werner Reemtsma, haben weiter ausgewertet, was an Spuren da war. Außerdem habe ich die Lippenstiftläden und die Tabakgeschäfte und Supermärkte abgeklappert und nach dieser Zigarettenmarke gesucht. Auch bei den Automaten, aber da war alles Fehlanzeige.«

»Die ist in Deutschland gar nicht mehr erlaubt, als Mentholzigarette, sorry, falls du das nicht wusstest. In der Schweiz wird die noch verkauft.«

»Ha!«, rief Svantje triumphierend. »Hat sich was mit nicht mehr verkauft! Es gibt eine Lotto-Annahmestelle, die hat alte Bestände, die sie aufbrauchen durfte, habe ich extra nachgefragt. Und die haben nur eine einzige Kundin dafür, eine etwa dreißigjährige Frau mit langen graublonden Haaren, meist auffällig geschminkt. Die kauft da außerdem jede Woche Lottoscheine und nimmt sich eine Frauenzeitschrift mit.«

Svantje grinste überlegen.

Die beiden Rüden schwiegen und warteten.

»Das gleiche in einer Drogerie hier in der Stadt. Der einzigen, die diesen Lippenstift führt, ich habe mir sofort einen davon gekauft.«

Sie presste kurz die Lippen zusammen und drückte sie leicht nach außen. »Den hier. Schick, oder?«

Ich sah keinen Unterschied. Der Geruch stimmte, genau der war auch am Rauchröllchen gewesen.

»Schön, aber weiter hilft uns das nicht«, moserte Hinnerk. »Außerdem ist die Frau doch mit Sicherheit eine falsche Spur, die der wahre Mörder gelegt hat. Ich sehe immer noch diesen Wolf Martens als möglichen Täter.«

»Die Frau im Lottogeschäft hatte allerdings einen von der Frau ausgefüllten Schein bei sich liegen, die waren noch nicht abgeholt worden«, grinste Svantje. »Mit Namen und Adresse drauf.«

»Oh«, sagte Hinnerk und kratzte sich im Nacken. »Dann hat sie wenig oder kein Geld. Wer ist die Frau? Spann uns nicht auf die Folter, Svantje.«

Sie kramte ihren Plapperkasten aus ihrer Handtasche und ließ darauf ein Bild erscheinen. So eine Art Gedächtnisaufzeichnung; was sie sich merken wollen, das speichern sie so auf diesen Kästen ab.

Das Bild zeigte ein Stück Papier mit Kreuzen und

Zeichen. Keine Frau.

Lukas beugte sich vor. »Katerina Svoboda«, las er laut. »Mit Adresse und allem.« Er gab Svantje den Kasten zurück. »Du hast bestimmt schon recherchiert, wer das ist, oder?«

Sie grinste und goss sich dramatisch erst von dem rötlichen, heißen Gebräu in eine Tasse und rührte um.

»Tja. Na klar, Lukas. Sie ist neunundzwanzig, in einem kleinen Dorf in der Nähe von Pilsen geboren und ist als Vierzehnjährige von dort verschleppt worden. Erst nach Österreich, wo sie als minderjährige Prostituierte aktenkundig geworden ist, später nach Bilbao in Spanien, wo sie zwei Männer wegen schwerer Körperverletzung angezeigt hat. Später nach Hamburg, wo sie in einem Laufhaus angeschafft hat, auch mit einer Anzeige gegen einen gewalttätigen chinesischen Matrosen, der deswegen in Santa Fu einsitzt. Weil sie ständig Ärger machte, haben die Besitzer dieses Ladens sie dann rausgeworfen. Seitdem lebt und arbeitet sie als Selbständige hier in Wittmund, zusammen mit einer Freundin, die in der direkten Nachbarschaft wohnt. Sie hat ihr Gewerbe sogar angemeldet und schlägt regelmäßig beim Gesundheitsamt auf.«

»Eine Nutte«, kommentierte Hinnerk.

»Na, na«, schimpfte Svantje. »Die hat sich den Job nicht ausgesucht und nichts anderes gelernt, mein Lieber. Sei mal nicht so abfällig.«

Lukas war still und überlegte. Hinnerk redete immer,

bevor er dachte, wie mir aufgefallen war.

»Dann will sich jemand an ihr und an Mehnert rächen«, sagte Lukas. »Das engt den Kreis der Verdächtigen schon mal ein, wenn wir das richtige Raster finden.«

Ich selbst musste an Leonie denken, die jetzt in irgendeinem Haus in der Innenstadt saß und wartete, dass sie wieder rauskonnte. Das Menschenweibchen dagegen, das wohl ebenfalls und ständig läufig war, hatte keine derartigen Restriktionen. Laut Trippel X und meinen anderen Informanten war sie von mindestens vier Männchen besprungen worden, jedenfalls hatten die entsprechend nach ihr gerochen.

Obwohl manche Menschen auch ohne Läufigkeit häufig Sex wollen, so wie dieses Weibchen. Ich hatte ja schon darauf hingewiesen, dass sie, genau wie Mäuse und andere Beutetiere, vor langer Zeit darauf angewiesen waren, viele Nachkommen zu haben, um als Art überleben zu können.

Was sich inzwischen rächt. Heute haben sie kaum noch Feinde, die sie fressen wollen, und sind dementsprechend viel zu viele geworden. Andererseits ist das bis jetzt gut für uns Hunde, also meckern wir nicht darüber. Wir lassen sie machen, sie füttern uns und geben uns ein Dach über dem Kopf; außerdem kann man mit den Welpen schön spielen.

Lukas sah auf seinem eigenen Orakelkasten nach. »Die Adresse passt. Das ist genau da, wo Jackie all diese Kippen mit Mentholfilter gefunden hat. Moment mal.« Er sah Svantje an. »Du hast doch bestimmt Fotos von der Frau, oder?«

Sie nickte und nahm freudestrahlend ihren Kasten vom Tisch hoch und drückte darauf herum. »Hier. Unsere Katerina. Hübsch, finde ich.«

Lukas sah sich das Bild an. Langsam musste das Leckerchen doch mal krümeln, dachte ich.

»Verdammt! Die ist uns vorhin begegnet, Jackie hat ihr noch hinterhergebellt! So ein Mist! Hoffentlich ist die noch da. Wir gehen da hin, ist nicht weit. Svantje, du befragst sie, von Frau zu Frau, ich sehe mich in ihrer Wohnung um, wenn sie da ist und sie uns reinlässt.«

Wir gingen zu dritt los, durch den Park, wo ich diesmal kaum zum Lesen kam; an einem Baum hatte etwas über Leonie gestanden, aber Lukas zog mich nach Menschenart mit Gewalt weiter. Irgendwie hatte er das mit seiner Leine falsch verstanden; was tut man nicht alles für seine Menschen, ich ließ ihm das durchgehen. Die Nachricht würde auch auf dem Rückweg noch da sein.

Wir gingen jetzt zu der Adresse, die Teddy mir beschrieben hatte. Wir hätten da schon vorhin hingehen können, aber mit Menschen brauchte man nun mal Geduld. Ich wusste, wo es langging, und zog Lukas hinter mir her, die Pudeldame hatte Mühe, hinterherzukommen.

»Hier ist es«, keuchte Lukas. »Jackie hat die Mentholzigaretten gerochen, die findet er schon die ganze Zeit. Guter Hund.«

Er drückte auf den Bellknopf, drinnen schnarrte etwas.

Nichts tat sich. Er drückte noch mal.

Aus einem Fenster im Erdgeschoss, das plötzlich

aufschwang, lehnte sich ein älteres Menschenweibchen, das sein langes Kopffell auf viele kleine Rollen aufgewickelt hatte.

»Die Kati ist nicht da, die ist einkaufen«, schnarrte sie. »Ach so, Sie wollen gar nicht, äh, zu ihr. Kann ich Ihnen vielleicht helfen?«

»Und Sie sind?«, fragte Lukas. »Auguste Vollmer, Nachbarin. Ich passe ein wenig auf Kati auf und gieße ihre Blumen, wenn sie mal weg ist.«

Lukas sah Svantje an. Die hat einen Schlüssel, las ich in seinem Gesicht. Wir könnten da rein. Aber dann erlahmten seine Gesichtszüge wieder.

»Wir müssen sie dringend sprechen. Polizei. Wissen Sie, wo sie hingegangen ist, wo sie normalerweise einkauft?«

»Polizei?« Die Alte lehnte sich weiter aus dem Fenster. »Was ist denn passiert? Hat sie wieder einen angezeigt?«

»Laufende Ermittlungen«, antwortete Svantje. »Nein. Also, wo geht sie normalerweise hin?«

Das alte Weibchen rückte sich ihr Korsett mit einer raschen Bewegung zurecht und legte dann den Kopf schief.

»Hm. Als Erstes geht sie einen Kaffee trinken und liest da die Zeitung. Und dann entweder zum Frisör, in den Secondhandladen oder gleich zum Lidl. Meistens jedenfalls. Bei dem Wetter könnte sie auch erst im Venezia sitzen und sich ein Eis zu Gemüte führen. Manchmal geht sie in einen Buchladen, holt sich da was zu lesen und sitzt dann den ganzen Vormittag in der *Bohnenbar* und liest. Oder zum Konditor in der Drostenstraße, wenn sie Lust auf

Kuchen hat. Ach ja, an manchen Tagen geht sie auch zur Volkshochschule und lernt da Fremdsprachen. Sie will ja mal was Anständiges machen, die Kati.«

Die Alte schlug sich die Hand vor den Mund, als ob sie etwas Falsches von sich gegeben hätte. Typisch menschlich; sie können die Unwahrheit sagen, Fakten verschweigen oder verdrehen. Bei uns ist das anders. Der Urin lügt nie. Nur so kommt man an die Spitze der Nahrungskette.

»Nicht mehr anschaffen, meinen Sie?«, fragte Lukas. »Wir wissen Bescheid. Aber darum geht es nicht. Wir wollen sie nur als Zeugin befragen.«

»An einem der Orte werden Sie sie finden. Vor zwei kommt sie nicht wieder nach Haus.«

Die Plätze, die sie uns genannt hatte, waren praktisch über die ganze Innenstadt verteilt. Wir sahen uns an.

Ich machte den Signalton, hielt die Nase an die Erde, lief ein Stück vor und zurück und sah Lukas an. Er mich auch. Ich wiederholte die Übung.

»Ich glaube, Jackie hat ihre Witterung aufgenommen«, sagte Svantje. »Vielleicht finden wir sie so schneller.«

Lukas nickte. »Okay, los, Jackie! Such!«

Das ließ ich mir nicht zweimal sagen. Ich zog meine Mannschaft am Kranke-Menschen-Silo vorbei und durch den Park auf die Knochenburgstraße, wo ich etwas Mühe hatte, die richtige Spur wiederzufinden, weil inzwischen viele Menschen und vor allem einige attraktive Hunde hier durchgekommen waren. Wenn auf dem Boden nichts war, hing da und dort noch der Gestank von ihren Rauchröllchen an den Zweigen und in der Luft.

Bis wir an die Kantstraße kamen. Ich musste die Straßenseite wechseln, um dem Geruch zu folgen, der immer stärker wurde und mich fast zu überwältigen drohte. Ich zog Lukas ein paar Häuser weiter die Knochenburgstraße entlang und blieb vor einem Gebäude stehen; hier war es. Ich stellte mich an den Zaun und bellte. »Leonie! Ich bin es, der wunderschöne Jackie! Komm doch mal raus, wir spielen ein bisschen fangen und so!«

Vom ersten Stock kam eine dringende und notleidende Antwort. »Ich will ja raus, aber es geht nicht! Mein Mensch ist nicht da, so gern ich auch möchte! Geh nicht weg, vielleicht kommt sie ja gleich wieder! Warte solange, Süßer!«

Gerade kam ein Menschenrüde aus dem Haus. »Die Hündin im ersten Stock ist läufig. Gestern hatten wir ein ganzes Rudel hier sitzen und andächtig warten. Die lässt sie aber nicht raus, die Maria.«

Lukas holte tief Luft. Er wollte mit mir schimpfen und mich an meine Pflicht als Polizeihund erinnern, das war mir schon klar.

»Ich komme wieder!«, rief ich Leonie zu. »Warte du bitte auch, ich bin der Beste! Und ich bin von der Polizei!«

Lukas zog mich fort. Ich knurrte kurz, weil ich gern ein wenig länger geblieben wäre, aber dann setzte sich mein Pflichtgefühl durch. Ich löste mich von Leonies Duft und wandte mich wieder dem Gestank verbrannter Pflanzen zu; was tut man nicht alles für den Job.

Immerhin waren wir auf der Knochenburgstraße, meiner Lieblingsstraße in Wittmund. Die Knochenburg hatte ich allerdings noch nie finden können; irgendwo hier war ein gigantisches Gebäude ganz aus den schönsten Knochen, wie geschaffen für Leonie und mich und unsere Welpenschar. Ich seufzte.

»Ich glaube, er hat die Spur verloren«, mutmaßte Svantje.

Hat sich was mit Spur verlieren, dachte ich. Das ließ mein Ego nicht zu. Wir gingen weiter bis zur Auricher Straße. Ich hielt vor einem großen Fenster an, aus dem unangenehm aufdringliche Gerüche kamen. Ich verstand nicht, warum sich Menschen solchen Stinkfoltern aussetzen konnten, vor allem die Weibchen, die diesen Laden frequentieren.

»Kosmetikinstitut«, las Svantje vor. »Ist geöffnet. Ich gehe mal rein und frage.«

Einen Moment später kam sie schon wieder raus.

»Sie war kurz da und hat sich eine Pflegespülung und ein paar Cremes gekauft, vor einer halben Stunde. Wohin sie wollte, hat sie niemand gefragt.«

Lukas sah mich wieder mit diesem Blick an. »Such, Jackie! Such Menthol!«

Wollte er sich jetzt auch solche Rauchrollen kaufen? Das kam gar nicht in Frage. Nicht mit mir. Außerdem wollte ich dieses Weibchen finden. Die Spur hatte ich längst gesichert, ich stand direkt darauf, was ein geruchsblinder Mensch natürlich nicht wissen konnte.

Ich zog los, über die Kreuzung zurück Richtung

Innenstadt. Diesmal stoppte Lukas mich.

»Hier draußen im Café sitzt sie nicht. Schaust du mal rein, Svantje? Vielleicht ist sie ja drinnen.«

Sie hätten mich fragen sollen. Sie war vorne links in die Kirchstraße eingebogen, eine Straße ohne Kutschen. Svantje kam wieder raus. »Womöglich ist sie ja in der Eisdiele, geradeaus. Bei dem Wetter.«

Lukas nickte, aber an der Abzweigung stemmte ich meine kräftigen Füße in den weichen Asphalt. »Falsch!«, rief ich. »Sie ist hier lang! Weiß ich genau!«

»Der hat schon wieder die nächste Hündin in der Nase«, vermutete Svantje. »Weißt du was, wir trennen uns hier. Ich sehe im Eiscafé nach, falls sie da ist, rufe ich an. Wenn nicht, soll ich dir ein Eis mitbringen?«

»Stracciatella, Rumrosinen und Himbeer«, sagte Lukas, ohne groß nachzudenken. »Komm dann hinterher, Svantje.«

An mich dachte niemand. Dabei brauchte ich dringend etwas zu trinken, und der nächste Brunnen lag woanders. Okay, sagte ich mir. Job geht vor.

Ich zog Lukas weiter, bis vor einen Laden, in dem es nach Papier und Farbe roch und in dem ganz viele Papiersammlungen standen, sogenannte Bücher, viele Seiten mit vielen Zeichen zwischen Deckeln mit bunten Bildern darauf. Da führte die immer frischere Spur hinein und nicht wieder hinaus. Hier musste sie sein.

»Darf mein Hund mit rein?«, fragte Lukas. »Wenn er sich benimmt, gerne«, sagte ein Weibchen, das gerade einem anderen Menschen zwei bunte kleine Papierzettel wegnahm und ihm zwei runde Metallscheiben und einen noch kleineren weißen Zettel wiedergab. Diese Tauschgeschäfte werde ich nie verstehen.

Wir gingen rein, ich vorweg. Das gesuchte Weibchen stand vor einer Wand, die mit Büchern vollgestellt war, und hatte eines davon in der Hand.

Lukas stellte sich neben sie.

»Hm. Adlerkiller, von Nick Stein. Gutes Buch, habe ich auch gelesen, ich komme da sogar drin vor«, sagte er beiläufig. »Kaufen Sie das.« Dann streckte er seine Hand aus. »Lukas Jansen, LKA Niedersachsen. Ich würde gern ein paar Worte mit ihnen wechseln, Frau Svoboda.«

Das Weibchen mit dem extrem langen Kopffell, das mich eine afghanische Windhündin erinnerte, öffnete den Mund, sagte aber nichts. Dafür verlor sie die Farbe im Gesicht.

»Äh – LKA?«, stotterte sie. »Habe ich was Illegales getan?«

Lukas zeigte ihr ein eckiges Stück Plastik. »Wir brauchen Sie als Zeugin, Frau Svoboda. Aber besser nicht hier drin. Wir können entweder raus auf die Straße oder in ein Café gehen. Oder zu Ihnen nach Haus.«

In diesem Moment kam Svantje mit zwei essbaren Tütchen herein, die nach kalten und süßen Milchprodukten rochen. Eines davon gab sie Lukas, der sofort daran zu lecken begann.

Das Weibchen mit den langen Haaren ließ sich davon nicht ablenken. »Warten Sie. Ich bin hier durch. Lassen Sie mich diese drei Bücher kaufen, dann gehen wir ins Venezia, ich möchte auch ein Eis. Drinnen sind wir bei diesem Wetter unter uns. Oder geht das schnell?«

Svantje stellte sich ebenfalls vor. »Wird sich zeigen. Kommen Sie einfach mal mit.«

Wir gingen an den Eingang, wo ihr eine andere Frau die Bücher erst wegnahm, sie anschaute, dann etwas in einen Kasten tippte, ihr die Bücher zusammen mit einem Zettel wiedergab und dafür eine Plastikkarte bekam, die sie gegen einen anderen Kasten hielt und dann zurückgab. Anschließend bekam die Windhündin noch ein weißes Papierchen. Diese menschlichen Rituale versteht außer ihnen niemand.

Meine beiden Begleiter schleckten derweil an ihrem Eis.

Ich führte die drei Menschen zurück zu dem Ort, wo es diese kalten leckeren Kugeln gab. Ich bekam dort immer eine von Lukas, die ich in aller Ruhe aufschlecken konnte. Das hatte den Nachteil, dass ich nur die Hälfte von dem mitbekam, was die Menschen miteinander redeten, aber manche Opfer mussten eben gebracht werden.

Die drei hatten sich in eine ruhige Ecke gesetzt, ich auf ein altes T-Shirt von Lukas, das er dafür immer in seinem Rucksack mit sich herumtrug. Ich hatte ihm damals zum Kauf davon geraten, weil es so schön kuschelig aussah. Lukas hatte mit einem Weibchen gesprochen, das herbeigeeilt war, und etwas von Eis gesagt.

»Frau Svoboda, Sie haben sicher von dem Mord gehört, der sich vor ein paar Tagen in Sillenstede ereignet hat«, eröffnete Lukas das Gespräch.

Das Weibchen schüttelte den Kopf, woraufhin ihre afghanischen Windhundhaare sich wie ein Mantel um ihre Schultern legten. Stand ihr gut, fand ich. »Nee. Sorry.«

»Sie kennen doch einen Herrn Georg Mehnert, oder?«, fragte Lukas weiter.

Sie sah ihn prüfend an. »Ich kenne ziemlich viele Menschen, Herr Kommissar. Wer ist das denn?«

Svantje hatte ein Bild von ihm auf ihrem Orakelkästchen, das sie ihr zeigte.

»Ach, Schorschi. Ja klar, den kenne ich. Was ist denn mit ihm?«

»Da komme ich gleich zu. Besitzen Sie ein Elektro-Fahrrad, mit dem Sie gelegentlich unterwegs sind, Frau Svoboda?«

Das Eis für sie wurde gebracht, ich bekam auch eine Kugel, die nach Nuss roch und nach Kuhmilch schmeckte, und begann, daran herumzulecken.

»Ja, hat mir mal einer meiner Verehrer geschenkt. Fahre ich aber so gut wie nie mit. Steht hinter dem Haus an der Steckdose.«

»Wissen Sie vielleicht noch die Marke?«, fragte Svantje, bevor sich auf ihrem Kästchen ein Bild davon heraussuchte und der Afghanin zeigte, die mit ihren hellblauen Husky-Augen, die gar nicht zu ihrem Fell passen wollten, genau hinsah.

»Könnte sein. Nee, ja, so eins ist das, passt schon.«

»Und waren Sie damit vor drei Tagen mal unterwegs?«, setzte Lukas nach.

»Nee. Schon seit Wochen nicht mehr. Wissen Sie, das Schöne an Wittmund ist, dass man alles locker zu Fuß erreichen kann. Und in der Innenstadt müsste ich das schwere Ding schieben. Wie gesagt, ein Geschenk, kaufen würde ich mir so was nie.«

Lukas nahm einen der Plastikbeutel aus seiner Tasche und zeigte ihn ihr. »Sie rauchen doch diese Mentholzigaretten, Frau Svoboda. Und wie wir bemerkt haben, werfen Sie die überall in die Botanik, anstatt sie mitzunehmen und in einen Papierkorb zu legen. Die hier haben wir ausgerechnet vor der Klinik gefunden.«

»Ach, darum geht es«, seufzte sie erleichtert. »Und deshalb kommt das LKA zu mir? Wegen weggeworfener Kippen? Haben Sie sonst nichts zu tun?«

»Doch«, behauptete Lukas. »Eine Ihrer Kippen lag bei dem Leichnam von Georg Mehnert. Neben Fahrradspuren von Ihrem Rad.«

»Schorschi ist tot? War das der Mord, von dem Sie sprachen?« Die Afghanin machte jetzt ein entsetztes Gesicht, sie war echt überrascht und hatte damit nicht gerechnet. Ich leckte weiter an meinem Eis und bekam einige Sätze nicht mit.

»Haben Sie eigentlich Hobbys?«, war die nächste Frage, bei der ich wieder zuhörte, trotz des einsetzenden Gehirnfrostes, der sich meines Schädels bemächtigte. Ich hatte das Eis zu schnell zu Ende geleckt.

»Ja. Ich sammle Briefmarken, und ich hänge oft vor dem Computer und spiele Fortnite, wenn ich nicht arbeite. Meinen Job kennen Sie ja vermutlich.«

Das Weibchen stemmte die Arme in die Hüften und drückte den Oberkörper nach vorn, während sie ihre Schultern streckte. Fast hätte sie mit ihren Ausbuchtungen den Eisbecher vor ihr umgeworfen.

Auch so eine Sache, die ich bei den Menschen nicht verstehe; bei uns Hunden sind diese Gesäuge nur zu sehen, wenn Welpen da sind. Bei den Menschenweibchen sind sie ganz unabhängig vom Vorhandensein von Welpen in allen Größen und Formen immer vorhanden, besonders bei Jüngeren. Ich glaube fast, dass sie damit Werbung betreiben und Männchen anlocken wollen, so wie unsere Hündinnen mit ihrem Duft. Die Afghanin machte diese Sache mit der Reklame wohl ganz gut; Lukas wirkte etwas irritiert, Svantje eher verärgert, auch wenn sie glaubte, das kriegte kein Hund mit.

»Darum geht es jetzt nicht.« Lukas sah auf sein Eis und leckte daran. »Ihre Kippe, nachweislich mit dem Lippenstift daran, den Sie benutzen, lag in einem Zellophan-Täschchen für Briefmarken, neben der Leiche eines Ihrer Freunde, wenn ich das so sagen darf. Schorschi. Wie erklären Sie sich das, Frau Svoboda? Und wo waren Sie am Montag? Klären Sie uns bitte auf.«

Die Frau schluckte, obwohl sie gar nichts gegessen oder getrunken hatte. Vor ihr stand ein Becher mit vier Eiskugeln und aufgeblasenem Kuhmilchfett, den sie noch nicht angerührt hatte. Jetzt nahm sie einen Löffel und lud sich ein Stück rosafarbenes Eis darauf.

»Lassen Sie mich nachdenken. Am Sonntag war viel los, bis spät in die Nacht. Ich habe am Montag bis elf geschlafen, habe gefrühstückt und mich fertiggemacht, dann hier in der Stadt meine Runde gedreht. Bis drei habe ich in der Konditorei gesessen, da können Sie die Leute fragen, die Bedienung wird sich an mich erinnern, vor allem der junge Kellner Max. Dann bin ich nach Haus, habe eine Stunde geschlafen, eher etwas länger, habe aufgeräumt und geputzt und mich für die Arbeit fertiggemacht, gegessen, und dann meine Gäste empfangen.«

Sie war bei den letzten Worten leicht errötet und hatte schnell das Eis vom Löffel gelutscht. Ich musste unweigerlich an Leonie denken. Die war zwar klein und schneeweiß, aber ich stellte mir gerade vor, dass sie auch Gäste empfing, während ich hier einer nutzlosen Konversation zuhörte. Die Afghanin war es doch gar nicht gewesen; warum fragte Lukas nicht einfach nach dem Dicken?

Svantje hatte etwas auf ihr Kästchen gekrickelt, während das andere Weibchen befragt wurde.

»Wie kommt dann Ihre Kippe an den Leichnam? Das würden wir zu gern von Ihnen wissen.« Lukas lehnte sich zurück und sah der Afghanin in ihre Husky-Augen.

Sie machte das Gleiche wie vorhin. Erst schlucken, dann trinken, genau umgekehrt wie bei Hunden. Menschen können Sachen, die kein anderes Lebewesen fertigbringt.

Sie bekam feuchte Augen. »Ich kann mir das nicht erklären, Herr Jansen. Ich habe doch damit nichts zu tun. Warum soll ich denn einen meiner Freunde umbringen und mich ums Einkommen bringen? Wie ist er überhaupt umgekommen?«

»Dazu dürfen wir Ihnen nichts sagen«, informierte Lukas sie. »Besitzen Sie eine Waffe, Frau Svoboda?«

»Pfefferspray«, antwortete sie. »Aber damit kann man keinen umbringen.«

Svantje übernahm die Befragung. »Frau Svoboda, wie war er denn so, der Schorschi? War er nett, hatte er spezielle Wünsche, gab es Gewaltphantasien, Würgen oder Schläge? Wie war das mit ihm?«

Die Befragte grinste. »Das ist vertraulich. Aber nein, nichts mit Gewalt. Schorschi brauchte Zärtlichkeit, nicht mal immer das volle Programm, er verlangte nach Zuwendung. Er wirkte einsam auf mich. Ich war für ihn Trostspenderin, Beichtmutter und, äh, Erfüllungsgehilfin. Details werden Sie von mir keine hören.«

»Hat er Ihnen vielleicht etwas erzählt, das niemand anderes weiß? Etwas gebeichtet, über eine mögliche Bedrohung für ihn? Leute, die ihn verfolgen?«

Die Afghanin schüttelte ihr langes Haar, damit es ihr beim Zurücklehnen nicht zwischen Rücken und Stuhllehne geriet. »Lassen Sie mich nachdenken.«

Sie schloss kurz die Augen.

»Na ja. Er hatte schon Ängste. Aber eher davor, dass ihn seine Vergangenheit von innen her einholt, so was in der

Art. Dass alles, was er als Soldat so angestellt hat, auf ihn zurückfällt. Der Lohn der bösen Tat, so was. Er fühlte sich bedroht, aber eher allgemein. Er witterte überall Gegner, er sah imaginäre Leute, die auf ihn anlegen. Bei mir hat er immer darauf geachtet, ob alle Gardinen zu sind und dass wir nicht direkt durchs Fenster zu sehen sind, wegen Infrarot und so. Vor dem Schließen der Vorhänge hat er sich immer alle Dächer angesehen. Eine Kriegsphobie, denke ich. Der sah überall Gespenster, und es dauerte lange, bis er sich entspannen konnte, der Schorschi. Mensch, der tut mir irgendwie richtig leid.«

Lukas und Svantje sahen sich an. Auch ihnen wurde immer klarer, dass die Afghanin es nicht gewesen sein konnte.

War der Mehnert nicht in Afghanistan gewesen, als Soldat? Hatte er die Svoboda deshalb aufgesucht, weil ihr Aussehen ihn an das Land und seine wunderschönen Hunde erinnerte? Ich war nicht ganz klar im Kopf, das Eis hatte mein Gehirn lahmgelegt.

»Frau Svoboda, ich muss Sie das jetzt fragen. Sie haben ja noch andere Besucher als nur ihn. Könnten Sie sich vorstellen, dass einer Ihrer Freunde eine Kippe und ein Briefmarkentütchen mitgehen lassen hat? Gibt es jemanden, der stinksauer auf Sie ist und den Verdacht auf Sie lenken wollte? Derjenige könnte dann der Mörder von Schorschi sein. Sie wollen doch sicher, dass wir den kriegen. Helfen Sie uns, denken Sie nach.«

Bravo, Lukas, dachte ich. Jetzt frag noch nach dem Dicken, und wir sind durch mit dem Fall.

Das Weibchen bekam plötzlich Falten auf der Stirn und erinnerte mich an einen Sharpei, jedenfalls im Gesicht. Sonst war sie überall glatt.

»Hm«, sagte sie. »Das klingt nach Eifersucht. Als ob jemand sich an Schorschi rächen und gleichzeitig mir eins auswischen will.«

Sie wischte sich eine Fellsträhne aus dem Gesicht, auf der sie vorher nachdenklich herumgekaut hatte.

»Kann ich mir nicht vorstellen. Meine Gäste wissen doch alle, dass das keine wahre Liebe ist. Trotzdem passiert das immer wieder. So eine Nähe erleben viele eben anderswo nicht, und schon knallt es. Sehr hinderlich im Job, das können Sie mir glauben.«

»Wieso?«, fragte Svantje. »Rechnet sich das nicht vielleicht sogar besser? Ich meine ...«

»Ich weiß schon, was Sie meinen, Frau Geerts«, antwortete die Langfellige. »Ist nicht so. Die wollen mich dann für sich allein, zahlen wollen sie dann auch am liebsten gar nicht mehr, und andere Gäste soll ich auf keinen Fall empfangen. Jedes Mal ein Heidentheater, bis das vom Tisch ist.«

»Und? War da in der letzten Zeit jemand so drauf? Das würde doch passen«, meinte Lukas.

Sie lehnte sich zurück und nahm wieder ein Stück Fell zwischen die rosa angemalten Lippen. Es sah aus, als ob sie im Geiste etwas abzählte.

»Hm. Nee. Das ist länger her, und der ist inzwischen irgendwo in China, mit seinem Containerschiff. Ein

Kapitän, der hier in der Nähe wohnt. Der kann das nicht gewesen sein. Auf den Pott wollte er mich quasi als Bordverpflegung mitnehmen.« Sie lachte bitter auf.

»Er wollte mich retten, so nannte er das. – Sonst fällt mir niemand ein, auf den das zuträfe. Tut mir leid.«

Aßen die sich gegenseitig auf, wenn sie so lange auf einem Schiff unterwegs waren? Ich kannte Schiffe, wir waren schon öfter auf Inseln gewesen, auf die ich sonst nicht hingekommen wäre. Bordverpflegung. Und nach China, dorthin war der Menschenrüde unterwegs. Dort fraßen die Menschen auch Hunde, in jenem fernen Land war alles, aber auch alles schiefgelaufen. Kein Wunder, dass die Sharpeis, die von dort kamen, so viele Sorgenfalten hatten. Ich nahm mir fest vor, nie eine längere Schiffsreise zu machen. Vor allem nicht nach China.

Lukas beugte sich vor und sah ihr direkt ins Gesicht. »Sie könnten mir mal Ihre Briefmarkensammlung zeigen, Frau Svoboda«, sagte er leise.

»Lukas!« Svantje schlug mit ihrer flachen Hand auf den Tisch. »Du bist verheiratet!«

Das Weibchen machte wieder auf Sharpei, dann entspannten sich ihre Gesichtszüge.

»Ah. Ich verstehe. Hatten Sie nicht gesagt, die Kippe hätte vorher in einem Zellophanbeutel für Briefmarken gesteckt? Dann war das unter Umständen gar kein Geschäftskontakt von mir. War da noch eine Marke drin?«

Das Weibchen dachte mit, stellte ich erfreut fest. Svantje und Lukas verneinten gleichzeitig, Lukas durch

Kopfschütteln, Svantje sagte nein.

»Hm.« Sie senkte den Kopf, so dass das lange Fell zu beiden Seiten am Gesicht herunterfiel wie ein Vorhang, und schloss die Augen.

»Das Hobby hatte ich schon als Kind von meinem Großvater in Tschechien übernommen. Und ich habe seine Briefmarken, da sind viele alte dabei. Ich selbst kaufe ab und zu auch welche, als Kapitalanlage. Fällt nicht so auf wie Geld auf der Bank oder im Safe. Danach sucht keiner, falls mich mal einer überfällt.«

Du solltest dich von einem von uns beschützen lassen, Mensch, dachte ich. Dann passiert dir nichts. Ich machte einen kurzen Ton, vielleicht kam sie ja von selbst drauf.

»Ach, ist der süß«, sagte sie. »Toller Hund. So einen hätte ich auch gern, dann fühlt man sich gleich sicherer.«

Die Gedankenübertragung zwischen den Spezies funktionierte also doch, stellte ich erfreut fest. Wenn Leonie und ich Welpen haben, kannst du einen kriegen, dachte ich, aber ihre Gedanken hörten schon nicht mehr zu. Schade.

»Und? Haben Sie Tauschpartner? Ich meine, bei den Briefmarken.« Svantje wurde rot im Gesicht, als sie das sagte. Farbwechsel waren was, das außer Menschen nur Tintenfische beherrschten. Ich fragte mich, was sie mit den verschiedenen Farben kommunizierten; war das so etwas wie das Riechen bei uns?

Aber die Afghanin hatte das nicht missverstanden. »Ja, einige, vor allem online und über die Post, und hier in der

Stadt. Wir treffen uns im Abstand von zwei Wochen, in einem Sportheim, da ist einer von uns Mitglied.«

»Hatten Sie dabei mal Ärger?«, fragte Lukas. »Fühlte sich einer von denen betrogen, bei einem Tausch, und wollte sich rächen? Gibt es bei manchmal Diebstähle? Und geht es womöglich jemandem gewaltig auf den Keks, wenn Sie bei solchen Treffen rauchen? Denken Sie mal nach.«

»Also, da geht es schon fair zu, wir haben ja alle dieselben Kataloge«, erklärte sie. »Natürlich gibt es mal Auseinandersetzungen, wenn eine Marke nicht sauber oder beschädigt ist oder die Zähnung falsch ist, dann wird halt gefeilscht. Meistens schauen wir uns unsere Lieblinge nur an. Wie bei einer Hundeschau, nur eben mit Briefmarken.«

Lukas kratzte sich sein nachwachsendes Fell am Kinn. Es wächst jeden Tag nach, und er schabt es jeden Tag wieder ab. Ganz so, als ob sie ihre schreckliche Nacktheit auch noch zelebrierten. Er sollte wissen, wie schön ein Fell war, er bürstete mich doch täglich.

»Gibt es unter den Sammlern einen, der den Mehnert kannte? Wissen Sie das?«

Die Afghanin massierte sich mit der hohlen Handfläche die Wange. Eine ähnliche Bewegung wie bei Lukas, obwohl sie dort gar kein Fell hatte, wie die meisten Weibchen. Ich glaube, sie dachte nach.

»Keine Ahnung. Er ist ja nicht von hier. Wüsste ich nicht.«

Das Weibchen wirkte jetzt viel entspannter. Da kommt jetzt nichts mehr, las ich aus ihrer Körperhaltung.

Svantje musste das ebenfalls gesehen haben.

»Frau Svoboda, ich habe während unseres Gesprächs mal nachgesehen. Sie sagen, Sie hätten keine Waffe. Hier lese ich aber, dass Sie Besitzerin eines Waffenscheins sind.« Sie machte eine kurze Pause und sah auf ihren Plapperkasten.

»Und zwar haben Sie gegenwärtig den kleinen Waffenschein, den Sie für Ihr Pfefferspray brauchen. Zeigen Sie uns den bitte mal. Und während Ihrer Zeit in Hamburg hatten Sie drei Jahre lang sowohl einen großen Waffenschein und eine Waffenbesitzkarte für eine Heckler & Koch P9S Sport. Wofür haben Sie die denn gebraucht?«

Das Weibchen schluckte. »Ach Gott, ja, die hatte ich ganz vergessen.«

Sie kramte in ihrer Handtasche und holte eine Plastikkarte aus einem faltbaren Stück Rinderhaut. »Hier.«

Lukas sah sich das an. »Das ist in Ordnung. Wir haben Sie vorhin gefragt, Frau Svoboda, ob Sie eine Waffe besitzen. Und nun haben oder hatten Sie eine. Hübsches kleines Ding, aber tödlich. Und mit genau so einer Neun-Millimeter-Pistole ist Mehnert erschossen worden.«

Lukas lehnte sich zurück und ließ seine Worte einsickern. Die Frau bekam große Husky-Augen und öffnete den Mund, sagte aber vorerst nichts.

Sie klappte ihn wieder zu und sprach dann doch.

»Sehen Sie, ich war damals auf dem Kiez und wollte aussteigen. Das habe ich mit der Hilfe von Freunden geschafft, aber mein ehemaliger Lude und seine Buddies hatten was dagegen. Eine Freundin bei der Hamburger

Polizei hat mir damals geholfen, Schießtraining und alles. Ich war mehrmals überfallen und verschleppt worden, das können Sie sich gar nicht vorstellen. Ich konnte mich verteidigen und fühlte mich gleich wesentlich besser. Geschossen habe ich damit nicht, und nach dem Ablauf von den drei Jahren habe ich sie wieder verkauft. An einen Sammler in der Schweiz, alles legal.«

Ihr fiel noch etwas ein. »Ach so, außerdem war das ein Modell mit Kaliber sieben fünfundsechzig. Nicht mit neun Millimetern.«

»Sie hätten uns das sagen müssen«, rügte Lukas sie. »Und jetzt besitzen Sie mit Sicherheit keine Waffe? Eine nicht angemeldete vielleicht? Das wäre eine Straftat. Womöglich müssen wir Sie doch der Tat verdächtigen, Frau Svoboda. Sie können uns viel erzählen. Mehnert hat Sie gequält oder gedemütigt, und Sie haben es nicht mehr ausgehalten und ihn plattgemacht.«

Lukas zählte an seinen Fingern ab.

»Sie haben ein Fahrrad, dessen Spuren zu denen am Tatort passen. Sie können schießen. Ihre Zigarettenkippe lag neben der Leiche. Sie kannten Mehnert gut, der als merkwürdig und kontaktscheu galt und eine Neigung zu unangebrachter Gewaltanwendung hatte.«

Genau, Lukas, dachte ich. Mord an acht Wölfen, wenn der Typ nicht tot wäre, müsste er für immer in einen Zwinger.

»Die meisten Morde sind Beziehungstaten. Selbst wenn sie kommerziell geprägt war, Sie und Ihr Schorschi hatten eine Art Beziehung, nach Ihren Worten sogar eine Vertrauensbeziehung. Daraus kann leicht etwas anderes entstehen und zu Gewalt führen.«

Die Frau nahm ein Stück weiches Papier aus ihrer Tasche und wischte sich den Schweiß von der Stirn. Draußen war es heiß, aber hier drin gab es eine Klimaanlage; sie schwitzte nicht der Hitze wegen.

»Frau Svoboda, wir müssen Ihre Wohnung durchsuchen, tut mir leid. Entweder Sie lassen uns freiwillig rein, oder ich bin gezwungen, Sie vorläufig festzunehmen, bis wir einen richterlichen Beschluss haben.«

Vertane Zeit, dachte ich. Es sei denn, Lukas würde Spuren vom Dicken finden.

Die Afghanin war geschockt und starrte ihn nur an.

»Dann lieber freiwillig«, sagte sie schließlich. »Ich habe nichts zu verbergen. Lassen Sie mich aufessen, dann können wir gehen.«

KAPITEL 15

Nach dem rituellen Tauschen von bunten Papierchen und runden metallischen Talismanen mit der Eisfrau gingen wir zu viert zu der Wohnung der Windhündin.

»Setzen Sie sich bitte in die Küche und rühren nichts an. Wenn wir Fragen haben, rufen wir Sie«, bat Lukas sie. Die Frau bereitete sich einen bitteren schwarzen Sud zu. »Auch einen?«, fragte sie meine Assistenten, aber Lukas und Svantje lehnten ab. Mir stellte sie eine Schale mit Wasser hin.

Ich machte eine Inspektionsrunde. Die meisten Spuren von Dritten führten in einen Raum, in dem ein großes, rundes Bett stand, mit vielen Kissen, Vorhängen und Bildern, auf denen Menschen ohne Fell und Kleidung abgebildet waren. Die vorherrschende Farbe war Rot, das ich nicht so gut sehe, ich kann es kaum von Grau unterscheiden.

Die Geruchsspuren waren mir wichtiger. Neben aufdringlichen Gestank von pflanzlichen und künstlichen Substanzen, nach denen auch die Afghanin gerochen hatte, machte ich die Spuren von mindestens sieben Rüden und einem weiteren Weibchen aus, das ähnlich wie die Afghanin roch. Eine Schwester oder Freundin, dachte ich.

Der Geruch von Mehnert ging langsam unter und war nur noch an wenigen Stellen, wo er Flüssigkeit verloren hatte, festzustellen. Die vom Dicken war deutlicher; er war überall in diesem Raum gewesen, ich fand sogar

Blutspuren von ihm. Die anderen Gerüche waren frischer.

Ich folgte der Spur des Dicken. Vom Bett führten sie zu einer Art Ritualschrein. Das ist ein Zimmer, in dem die Menschen mehrere Quellen haben und ihre Nachrichten in einer verschließbaren Schüssel hinterlegen und geweihten Wassern übergeben; dort sind sie meist unbekleidet unterwegs und kühlen sich ab.

Außerdem bewahren sie in Wandschreinen und heiligen Fächern ihre geheimen Substanzen auf, die sie entweder zu sich nehmen, in Form kleiner Pillen, oder mit denen sie sich einreiben, einsprühen und berollen, um sich einen unverwechselbaren Geruch zu geben.

Was natürlich Quatsch ist. Sie haben eher ohne all dieses Zeug ein klar definiertes Aroma, das sie aber selbst kaum wahrnehmen, weshalb sie fremde und oft starke olfaktorische Quellen zur Hilfe nehmen.

Erst benetzen sie sich mit Wasser, dann entfernen sie es wieder. Hier trennen sie sich auch alles am Körper ab, was sie nicht mehr haben wollen. Die Weibchen machen Dinge mit ihrem Fell, entweder schaben sie es ab oder bringen es in spezielle Formen, besonders auf dem Kopf. Für ihr Wohlbefinden, aus Furcht vor Krankheiten und in der Hoffnung auf Wunder nehmen sie dort verschiedene Wunderpulver, bunte Pillen und geheimnisvolle Essenzen zu sich.

In diesen Schreinen verweilen sie oft lange, bevor sie sich für all die merkwürdigen Verrichtungen der menschlichen Welt gerüstet fühlen.

Der Dicke hatte hier nur auf dem verschließbaren Klappschrein gehockt und sich erleichtert. Womöglich glaubte er nicht an die Heilwirkungen all dieser Rituale, er war gleich weiter in einen anderen Raum gegangen, den mit den netten Sitzgelegenheiten.

Dort hatte er einiges angefasst. Ich prüfte nach. Das Weibchen, das hier wohnte, war erst später wieder in diesem Raum gewesen. Besonders lange hatte er vor einem Gerüst gestanden und gekniet, in dem viele Papierpacken standen. Und hier hatte er Aufregung verströmt, wesentlich mehr als in dem Zimmer mit dem runden Bett.

Seine Spur ging erst zu einem Tisch in der Mitte des Raumes, dann zurück ins Bettzimmer, von dort aus war er verschwunden.

Dass er und das Weibchen an Welpen gearbeitet hatten, war mir ja schon im Park klargeworden, als ich die Spuren von beiden aufgenommen hatte.

Vor dem Papiergerüst war etwas Entscheidendes geschehen. Und zwar erst nach der Welpensache. War der Dicke von hier aus losgefahren, um Mehnert totzumachen? Nachdem er irgendetwas erreicht oder erledigt hatte?

Dann musste ich nach draußen und mir das Rollgestell der Afghanin ansehen. Das würde dann auch nach ihm riechen.

Ich gab Laut, Lukas kam herbeigeeilt. Die Konditionierung funktionierte. Ich lief zum Bett, dann zum Wasserschrein und von dort aus zu dem Papiergerüst, wo ich erneut Laut gab.

»Was ist denn da, Jackie? Sind da Leckerchen versteckt?«

Ich jaulte. Er kratzte sich am Kopf. So wurde das nichts.

Also erst nach draußen, Jackie, sagte ich mir. Vielleicht merkt er da ja was.

Ich zog ihn zur Tür und gab die jämmerlichsten Töne von mir, die ich draufhatte. Er machte auf.

»Bin gleich wieder da, Svantje, der Hund muss mal raus«, rief er der Pudeldame zu.

Ich zog ihn zu dem Metallroller und rief Lukas zu, was Sache war. »Damit ist der Dicke losgerollt und hat das Aas kaltgemacht«, versuchte ich ihm klarzumachen.

»Was willst du nur? Was ist denn mit dem Rad? Wolltest du nicht kacken?«, fragte er.

Wir hatten mit seinen Welpen mal Totstellen geübt. Peng machen, auf den Rücken rollen, Zunge raushängen lassen, die Beine abgeknickt nach oben, Augen schließen und für zehn Sekunden durchhalten. Den Kleinen und ihm und seinem Weibchen machte das mächtig Freude.

Ich rief »Peng!«, so gut ich das imitieren konnte, und rollte mich auf den Rücken und spielte tot. Dann rief ich ihm wieder meinen Satz zu und wiederholte die Übung.

Lukas merkte, dass ich ihm was mitteilen wollte; ganz blöd sind sie ja auch nicht, die Menschen. Er kratzte sich am Kopf.

»Das Husqvarna-Elektrorad. Was willst du mir sagen, Jackie? Da ist jemand tot? Das weiß ich doch. Ach so. Okay, ich hab's, Kleiner.«

Er griff zu seinem Plapperkasten und stellte eine magische Verbindung her. Aus dem Kasten quoll die Stimme von Werner Reemtsma, einem älteren Rüden, der angeblich Spurensicherung machte, obwohl er noch geruchsblinder war als meine anderen Assistenten.

»Werner? Kannst du mit deinem Team vorbeikommen? Es kann sein, dass der Mörder von Mehnert hier war, Adresse gebe ich dir gleich. Mein Hund meint, der hätte das Fahrrad einer Frau Svoboda dazu benutzt, das steht hier, passt zu den Spuren am Tatort. Holt das bitte ab und untersucht es nach Fremdspuren. Und die Wohnung ebenfalls. Wir glauben, dass der Täter aus dem Kundenkreis der Frau kommt und eine Verbindung zu Mehnert hat.«

Er redete noch eine Weile weiter, während ich ihm schon mal meine Belohnung vor die Füße legte. Darf man nicht vergessen, sonst verblasst die Pavlovsche Konditionierung wieder.

Er steckte seinen Kasten weg und mein Produkt ein, das er in einen runden Behälter vor dem Haus legte.

»Komm, wir gehen wieder rein«, sagte er mir überflüssigerweise. Wir hatten noch mehr Stellen zu überprüfen.

»Die Spusi kommt gleich«, teilte er Svantje mit. »Es kann sein, dass der Mörder hier war, falls wir Frau Svoboda ausschließen können.«

Er wandte sich an die Windhündin. »Frau Svoboda, führen Sie eine Art Kundendatei? Haben Sie die

Anschriften und Telefonnummern Ihrer Besucher?«

Sie lachte und ließ ihr langes Fell um ihren Kopf fliegen, als sie ihn schüttelte. »Meist nicht. Das wollen die nicht, dass ich sie meinerseits erreichen kann. Dieser Art Verkehr ist eine Einbahnstraße, mein Herr. Selbst die Telefonnummern, von denen aus sie anrufen, sind meist unterdrückt.« Sie dachte nach. »Eigentlich habe ich nur die Nummern von zwei Witwern, denen das egal ist. Und von einem Monteur, der aber zurzeit in Polen ist. Sonst kenne ich nur die Vornamen, und ob die echt sind? Tja.«

»Und wie schützen Sie sich, wenn mal einer frech wird oder nicht zahlen will?«, fragte Svantje nach.

»Erstens kann ich mich wehren, zweitens passt Auguste unten auf, eine ehemalige Kollegin, im weitesten Sinne, und drittens ist das Berufsrisiko. Sonst kommt doch keiner.«

Meine Assistenten sahen sich an. »Auguste ist die Frau am Fenster, oder?«, fragte Svantje. Die Afghanin nickte. »Dann gehe ich die mal befragen. Vielleicht weiß sie ja was über Autonummern oder kann die Besucher beschreiben.«

»Das kann ich auch«, grinste das langhaarige Weibchen. »Gut sogar, ich schaue mir meine Leute sehr genau an. Selbst im Gesicht.«

»Gut, du gehst runter, Svantje, und sprichst mit Auguste. Und Sie denken mal darüber nach, wer von ihren Gästen sich merkwürdig benommen hat, wer Ihnen verdächtig vorkommt, wer Ihren Schorschi beiläufig oder direkt erwähnt hat, nach ihm gefragt hat, wer als Täter infrage kommen könnte. Noch sind Sie nämlich selbst nicht aus dem Schneider, Frau Svoboda.«

»Okay. Dazu brauche ich aber Ruhe. Ich lege mich ein wenig hin, wenn das in Ordnung ist.«

Lukas nickte. Ich stand bereits wieder vor der Wand, in der diese ganzen Papiersammlungen steckten; Bücher, Hefte, Alben, nebst Krimskrams, Figürchen, zwei Puppen, ein paar Bildern und Kistchen, auf denen Staub lag. Und Nippes. Erinnerungen an irgendwas, eine Papierblume hier, eine runtergebrannte Kerze dort, ein abgegriffener Stoffteddy da.

Eine Stelle war für meine Spürsinne extrem reizvoll. In der zweiten Reihe des Gestells standen hochkant vierzehn dünne und alte Papprücken; hier waren die olfaktorischen Rückstände von Mehnert und dem Dicken noch etwas stärker als anderswo im Raum. Es war ganz so, als ob sie hier länger gehockt oder gesessen hätten und dabei ins Schwitzen geraten wären. Und direkt dahinter roch es schlecht. Wie in dem langen Raum, in dem Lukas manchmal mit seinem Knallrohr rumballerte und entsetzlichen Lärm und Gestank verursachte.

Er musste sich das ansehen, ich hatte keine Hände, um das alles rauszunehmen und mir anzusehen, ich hätte sonst ein Riesenchaos erzeugt, und Hunde sind ordentliche Wesen. Meistens jedenfalls.

Ich wandte wieder die gleiche Taktik an wie schon vorher. Ein Trick, von der mir Kumpel erzählt hatten, die ihre Menschen zum Jagen in den Wald oder an Teiche mitnahmen, wo sie die Enten einsammelten, die durch den lauten Knall gestorben waren.

Ich stellte mich direkt vor die Papierrücken, hob die rechte Pfote angewinkelt an, streckte den Schwanz gerade nach hinten und gab einmal Laut. »Komm.«

Als Lukas nicht gleich reagierte, schickte ich noch ein Jaulen hinterher, dann kommt er dank Pavlov immer.

»Was ist denn nun schon wieder, Jackie?«, fragte er, bis er die spezielle Positur wahrnahm und erkannte. Ist ja kein Dummer, mein Lukas.

»Ah, die Briefmarkensammlung. Guter Hund. Vielleicht stammt das Heftchen von da. Oder etwas anderes war damit. War das Opfer oder der Täter hier dran?«

Ich bejahte das mit zwei kurzen Bestätigungen. »Ja. Beide.«

»Ich nehme das mal als ein Ja«, murmelte mein Assistent. »Warte mal.«

Er zog sich einen Stuhl heran, setzte sich und nahm einen der hohen, schmalen Bände heraus und öffnete ihn. »Das sind alte Briefmarken aus Tschechien«, erkannte er, bevor er sich den nächsten herauszog. »Nicht dass ich Ahnung davon hätte.«

Sein Blick fiel durch die anderen Bände hindurch auf eine Waffe, die dahinter steckte.

»Na sieh mal einer an«, sagte er anerkennend. »Feines Näschen, Jackie.« Er griff in seine Tasche und gab mir eines meiner Leckerchen, das ich annahm. Ich mochte diese Sorte nicht allzu gern, aber mit diesen Belohnungen, also etwas von ihnen anzunehmen, macht man sie kirre.

Lukas nahm einen Plastikbeutel aus seiner unergründlich tiefen Hosentasche, stülpte sich ihn über die rechte Hand und zog das Knallrohr damit heraus. Dann zog er mit der anderen Hand den Beutel darüber und knotete ihn zu.

»Jetzt wollen wir die junge Dame mal wieder wecken«, versprach er. »Die hat uns mit Sicherheit einiges zu erzählen.«

Er ging zu dem Raum mit dem großen Lager und pochte an die Tür. »Frau Svoboda, entschuldigen Sie, wir haben da ein paar ganz wichtige Fragen. Sie müssen rauskommen.«

Dann kam er wieder zurück zu mir und setzte sich mit seinem Fund auf ein Sofa. Das Knallrohr legte er vor sich auf den Tisch, um sich einen der dünnen Bände anzusehen. Einer davon, der sehr zerschlissen aussah und am intensivsten nach dem Dicken roch, klappte wie von selbst in der Mitte auf.

»Werde ich nie verstehen, wie man so altes gebrauchtes Zeug sammeln kann«, sagte er, als die Tür hinter ihm aufging und die Afghanin mit zerstrubbeltem Kopffell und in einen fluffigen rosa Mantel gewickelt, in dem ich mich sofort gewälzt hätte, aus ihrem Schlafraum kam.

Sie trat hinter Lukas.

»Nein«, sage sie leise, aber umso entsetzter.

»Tja«, freute sich Lukas. »Dass wir die Waffe finden, hätten Sie wohl nicht gedacht. Aber Jackie entgeht nichts.«

»Das meinte ich gar nicht, von der wusste ich nichts«,

sagte sie mit weit offenen Augen. »Viel schlimmer. Meine gelbgrüne Granit ist weg. Die war da, genau da.« Sie zeigte auf eine Stelle in dem Heft, wo eine Lücke zwischen kleinen Papierstücken klaffte. »Eine Marke von 1919, eine Vier-Kronen-Marke der königlichen österreichischen Post, mit dem Aufdruck Pošta Československa 1919. Die hat bei einer Auktion fast vierhunderttausend Euro eingebracht. Eine der letzten Marken auf dem Markt. Meine Rente. Meine schöne Marke!«

Sie stutzte und sah unter den Tisch. »Oder haben Sie die rausgenommen oder verloren?«

Da war nichts, wo sie hinschaute.

Lukas sah sich erstaunt ebenfalls um. Dann fasste er sich.

»Netter Versuch, Frau Svoboda. Lenken Sie nicht ab. Ist das Ihre Waffe? Das ist eine Heckler & Koch P9S Sport, wenn ich mich nicht irre. Von genau der Waffe hatten Sie doch gesprochen. Nur ist das hier ein Neun-Millimeter-Kaliber. Vermutlich die Tatwaffe. Sie haben uns verarscht.«

Das Weibchen suchte weiter unter dem Tisch. »Wenn die weg ist, habe ich total verschissen. Von meinen Job kann ich nicht ewig leben, was anderes habe nicht gelernt. Das ist meine Altersversicherung!«

Lukas nahm das Knallrohr wieder an sich und legte das Album auf den Tisch. »Sie ziehen sich jetzt was anderes an und nehmen Ihre Zahnbürste und Medikamente mit, falls Sie welche brauchen. Ich muss Sie vorläufig festnehmen.«

»Alles kein Problem«, fand sie. »Wenn ich mir vorher das Album ansehen darf, ob vielleicht noch mehr fehlt, oder ob sie woanders steckt. Was eigentlich nicht sein kann.«

Ich gab Laut. »Das war einer von den beiden Rüden. Entweder der Tote oder der Dicke.«

Lukas streichelte mir den Kopf. »Schon gut, Jackie. Oh. Du hast hier eine Zecke.« Er wandte sich an das Weibchen. »Bringen Sie mir bitte eine Pinzette mit? Mein Hund hat hier was.«

Die Frau ging schnaubend zurück in ihr Zimmer mit dem runden Lager.

Lukas blätterte durch das Buch mit den kleinen Papieren und legte die Waffe wieder ab. »Ich kann hier nichts finden«, gab er zu. »Aber ich habe auch keine Ahnung von sowas.«

Es klopfte, Lukas ging zur Tür und ließ Svantje rein, die sofort das Knallrohr auf dem Tisch erblickte. »Holla«, sagte sie. »Das ist ja eine Überraschung. Gut, dass wir gleich mit ihr hergekommen sind, da konnte sie das Teil nicht mehr verstecken. Jackie?«, fragte sie. »Hat er das gefunden?«

»Allerdings«, bestätigte Lukas. »Was wären wir ohne ihn.«

Die Afghanin kam zurück, in einer blauen Hose und einem ebenfalls hellblauen Shirt, in der gleichen Farbe wie ihre Husky-Augen. In der rechten Hand hielt sie ein Täschchen, in der anderen eine kleine Metallzwicke. »Hier«, sagte sie.

Während Lukas ihr das Ding abnahm und mir den Kopf mit der freien Hand absuchte, setzte sich die Windhündin hin und durchsuchte erst das eine Album, dann das andere. Als das kein Ergebnis brachte, durchstöberte sie die Alben im Regal, um die Suche auf dem Fußboden und überall in der Umgebung fortzusetzen.

Svantje hatte sich ebenfalls hingesetzt und sah zu, wie Lukas mir den Parasiten aus dem Kopffell zog und dann auf dem Tisch zerdrückte. Er legte das tote Tierchen in eine Schale, in der viele stinkende Reste von angekohlten Rauchröllchen lagen.

»Auguste passt ziemlich gut auf«, berichtete Svantje. »Sie führt zwar nicht direkt eine, äh, ich sage mal Strichliste, aber sie wusste, wer wann zu Besuch gekommen ist und wie die in etwa aussahen. Sie hat mir lang und breit erzählt, wie das in ihrer Jugend war, und dass sie auch ganz gern mal wieder jung wäre und Bekanntschaften hätte. Sie achtet besonders darauf, wer bedrohlich aussieht, lauschst dann, ob sie etwas hört, und hat den Hörer schon in der Hand.«

»Sie lauscht?«, staunte das Afghanenweibchen. »Echt jetzt?«

»Sie ist bereit, bei einem Phantomzeichner ein paar der infrage kommenden Männer zu beschreiben. Die müssen wir dann mit Ihren Angaben abgleichen, Frau Svoboda.«

»Das ist zu Ihrer Entlastung«, erklärte Lukas. »Auch wenn Sie sich gerade ziemlich verdächtig gemacht haben.«

Ich könnte euch sofort eine exakte Beschreibung vom Mörder geben, dachte ich. Wenn ihr mir nur mal zuhören und mich verstehen würdet.

»Ich möchte Anzeige gegen Unbekannt erheben«, sagte die Frau leise. »Derjenige, der meine Marke geklaut hat, hat mir auch diese Waffe untergeschoben. Ich weiß bloß nicht, woher der wissen kann, dass ich mal eine ähnliche Pistole gehabt habe.«

»Jemand aus den Kiez-Tagen?«, vermutete Lukas. »Vielleicht Ihr alter Beschützer, der Sie zurückholen will?«

»Der weiß nicht, dass ich hier lebe«, glaubte sie. »Da muss ich drüber nachdenken. Von mir aus können wir. Ach so. Checken Sie bitte alle Briefmarken-Foren, ob jemand diese Marke anbietet. Dann haben Sie Ihren Täter, da bin ich mir sicher.«

»Wir warten noch auf die Spurensicherung, die wird die Wohnung dann versiegeln«, gab Lukas zur Kenntnis. »Wer war denn am Samstag und Sonntag, am Montag selbst und vielleicht noch am Dienstag bei Ihnen?«

Er griff nach dem Stück Eisen. »Wenn das die Mordwaffe ist, wie ich glaube, kann der Täter sie nur am Montag oder danach hierhergelegt haben, sofern Sie es nicht selbst waren. Wenn Sie sich aus der Schusslinie bringen wollen«, sagte er und zielte spielerisch mit dem Knallrohr auf sie, »dann müssen wir genau wissen, wer an den Tagen hier war.«

Sie schloss im Knien, noch auf der Suche nach ihrem fehlenden Papierstückchen, die Augen. »Hm. Drei am Montag, und fünf am Dienstag. Davon am Dienstag zwei gleichzeitig. Ach ja. Und einmal mit einem Mann, den Maria angeschleppt hatte, meine Freundin, wohnt im

Nachbarhaus schräg gegenüber. Der Kerl wollte eine ménage à trois.«

»Wir brauchen die Beschreibungen der Männer. Können sich die hier frei bewegen, ohne dass Sie es mitbekommen, Frau Svoboda?«, fragte Lukas weiter.

»Na ja. Die gehen ja nicht alle gleich wieder. Der eine trinkt sein Bierchen danach, der andere raucht eine, wenn ich dusche, bevor sie bezahlen. Einige wollen feilschen oder haben was zu meckern, und manchmal muss ich ja auch mal aufs Töpfchen. Ja. Das ist durchaus möglich.«

Es klopfte schon wieder an der Tür, ich hörte die Stimme von Werner Reemtsma von der Spurensicherung und die von Johanna Kleinschmidt, seiner Kollegin. Svantje ließ sie rein.

»Hallo ihr zwei«, begrüßte Lukas sie. »Ihr könnt euch hier austoben. Diese Waffe hier« – er hob das Knallrohr hoch – »nehme ich schon mal mit. Wir suchen nach Spuren von Männern, die am Montag oder Dienstag hier waren und die Waffe hier deponiert haben können, dort im Regal, hinter den Briefmarkenalben. Einer davon könnte der Mörder sein. Die Pistole lasse ich im Labor auf Fingerabdrücke und Schussspuren untersuchen, das gleichen wir mit etwaigen Schmauchspuren bei Frau Svoboda ab.«

»Mir fehlt eine teure Briefmarke«, ergänzte die Langhaarige. »Falls Sie die finden, haben Sie bei mir eine Runde frei«, bot sie Werner Reemtsma an. »Ich wäre Ihnen unendlich dankbar.«

»Die Hälfte der Spuren habt ihr vermutlich schon zerstört«, moserte der. »Wie immer. Und wir dürfen dann die Detektivarbeit machen und die Spreu vom Weizen trennen.«

Getreide hatte ich hier gar nicht gesehen.

Wir verabschiedeten uns, indem mir beide Neuankömmlinge den Schädel streichelten, und gingen. Frau Svoboda kam mit und durfte sich hinten zu mir setzen; zumindest die Ehre erwiesen Lukas und Svantje dieser unschuldigen Person.

Ich überlegte, wie ich den beiden zeigen konnte, wer der wahre Täter gewesen war. Dazu brauchte ich seine Spuren, und die konnte ich hier in der Kutsche nicht verfolgen. Also rollte ich mich zusammen und machte ein Nickerchen.

KAPITEL 16

Auf dem Revier bestellte Lukas für uns alle, auch für die Afghanin, die in einem anderen Zimmer saß, etwas zu essen, das nach kräftigen Gewürzen und Reis roch, zu scharf für mich. Ich nahm etwas mit Geflügel und Schaf, ohne Gewürze, und das beste Getränk von allen: kaltes Wasser, denn es war immer noch sehr warm im Büro. Wir aßen auf, und ich setzte mein Schönheitsschläfchen fort. Die Menschen würden jetzt wieder ohne Pause herumbellen und ihre merkwürdigen Sachen anstellen, weil sie keine Nase für die einfachen Fakten des Lebens hatten. Sollten sie; manchmal hatte auch das schon Fahndungserfolge gebracht. Ich träumte derweil von Leonie und unseren Welpen, die so schön wie sie und so intelligent und kräftig wie ich sein würden.

Am späten Abend wachte ich wieder auf und streckte mich; ich spürte, dass sich etwas getan hatte. Lukas und meine beiden anderen Helfer saßen um einen runden Tisch herum, tranken ihr bitteres Gebräu mit dicken Zuckerklumpen und konzentriertem Kuhmilchfett und diskutierten.

Lukas sah auf sein Plapperkästchen. »Werner hat mir das soeben gemailt«, sagte er. »Die Spusi hat bestätigt, dass aus der Pistole, die wir bei Frau Svoboda gefunden haben, vor drei, vier Tagen geschossen worden ist. Also zur Tatzeit am Montag oder Sonntag Nacht. Die Laufanalyse läuft noch.«

Na klar, dachte ich. Was soll sie als Laufanalyse sonst

schon groß machen.

»Und er hat Fingerabdrücke am Griff und am Abzug entdeckt, und zwar die von Frau Svoboda, und nur die. Allerdings waren ihre Finger mit etwas verklebt, einem Haftkleber. Sie muss vorher irgendwo einen Sticker abgezogen haben, vielleicht vom Fahrrad. Oder einen Aufkleber von einem Nummernschild, ein Typenschild, was weiß ich. Werner konnte mir das nicht sagen.«

»Hm«, brummte Hinnerk, der wie immer seine Kaustange im Mundwinkel hängen hatte, allerdings ohne eingeschalteten Raucherzeuger. Er brauchte das alles zum Denken.

»Und noch was. Sie hatte immer ein paar leere Tütchen für Briefmarken in ihrem Album. Der gleiche Typ wie der, in dem ihre Kippe steckte.«

»Passt mir fast zu gut. Zu schön, um wahr zu sein«, meinte Svantje. »Und auch wieder nicht. Warum in aller Welt soll sie ihre Kippe erst in ein Briefmarkentütchen stecken und dann doch am Tatort hinterlegen? Ist doch total abgedreht, macht keinen Sinn.«

»Für mich schon«, fand Hinnerk. »Ihr Schorschi war vorher bei ihr zu Besuch, wie wir zweifelsfrei wissen. Als sie unter der Dusche war, hat er ihre Briefmarken durchgesehen und ihr dieses teure Teil geklaut und ist raus und spazieren gegangen. Ich nehme an, er hat vorher davon gesprochen, wo er dazu gern hingeht.«

Er saugte Luft durch seine Kaustange an und blies sie wie ein Rauchwölkchen über den Tisch. »Sie bemerkt das, vielleicht steckte das Album falsch, vielleicht wusste sie, dass er auch Sammler ist, und hat zur Sicherheit nachgesehen. Die teure Marke war weg. Sie schnappt sich ihre Waffe, reißt ihre Patronenpackung auf, die sie mit Tesafilm zugeklebt hatte, fährt mit ihrem E-Bike hinter ihm her, stellt ihn zur Rede, wobei sie nervös an ihrer Zigarette zieht. Das Gespräch heizt sich auf, sie wird immer erregter und schießt, Mehnert fällt tot um. Sie schmeißt die Kippe weg, durchsucht ihn und findet die Marke, die sich noch in der Schutzhülle befindet. Ihr fällt die Kippe auf. Sie nimmt kurz die Marke raus und steckt die Kippe als mögliches Beweismittel rein. Dann erscheint ihr die teure Marke als zu schutzlos, sie wirft die Kippe wieder weg und die Marke zurück, ist wichtiger. Ab nach Haus, Pistole verstecken, und dann zu einer Freundin oder zu einem Schließfach, wo sie die Marke hinterlegt. Die will sie später verkaufen und gleichzeitig bei der Versicherung den Verlust melden und so doppelt kassieren. Die Knarre wollte sie später entsorgen, wir sind ihr zuvorgekommen.«

Er lehnte sich zufrieden zurück und begann damit, Pflanzenteile aus einer Packung in seine Stange zu stopfen.

»Hm«, machte jetzt Svantje. »Dann wird sie einen Schlüssel für ein Schließfach haben. Wir müssten bei ihrer Freundin oder bei Auguste oder an anderer Stelle die Marke finden, was schwierig bis unmöglich wird. Einen Durchsuchungsbeschluss dafür kriegen wir nämlich nicht so glatt. Und warum schmeißt sie die Knarre nicht gleich weg? Wäre doch sicherer gewesen.«

»Weil sie nicht mehr oder gar nicht auf sie registriert ist

und ihr noch gute Dienste leisten kann. Falls doch mal einer gewalttätig wird, Pfefferspray ist nur bedingt hilfreich. Was weiß ich.« Hinnerk stopfte die Pflanzenteile fest und war nur halb bei der Sache.

Ich merkte, wie ich selbst leise vor mich hin knurrte. Das lief doch alles in die falsche Richtung. Klar, den Wolfsmörder umzunieten, das war ja eine gute Sache gewesen. Aber es war der Dicke und nicht diese sympathische Windhund-Husky-Frau. Wieso merkten die das nicht? Vom Schweinefleischfresser hatten sie noch gar keinen Wind bekommen.

»Jackie scheint deine Theorie nicht so toll zu finden«, meinte Lukas. »Er ist aufgewacht und knurrt.«

»Ach was«, sagte Hinnerk. »Der hat geträumt, dass ihm ein anderer Hund seinen Knochen weggenommen hat.«

»Mir passen da auch ein paar Brücken nicht, die du gebaut hast, Hinnerk.«

Lukas massierte sich mit Daumen und Zeigefinger das Kinn und dachte nach. »Warum versteckt sie die Waffe ausgerechnet hinter den Briefmarken? Wieso sollte sie die Patronenpackung mit Tesafilm verschließen und den Kleber auf ihr Fingerprofil bekommen? Wieso ist das zwar die richtige Waffe, aber das falsche Kaliber? Sie hatte damals Kaliber 7.65, oder? Und warum nimmt sie die Kippe nicht trotzdem mit, wenn sie schon entdeckt hat, dass das ein Hinweis auf sie ist? Und dass Versicherungen teure Briefmarken gegen Diebstahl versichern, ohne Hinterlegung in einem Safe, glaube ich schon mal gar nicht.

Die Sache stimmt hinten und vorne nicht.«

»War ja nur eine erste Hypothese«, grummelte Hinnerk. »Gib mir eine bessere Version.«

»Ich hätte da durchaus eine Idee«, sagte Lukas. »Aber wir brauchen mehr Informationen. Hat schon jemand nachgesehen, ob die Marke auf den Sammlermärkten angeboten wird? Haben wir die Herkunft der Pistole überprüft, auf wen war sie vorher gemeldet? Und was ist mit den Fingerabdrücken auf dem Fahrrad? Hat die Spusi doch sicher gecheckt, das hatten wir beauftragt.«

Svantje wischte auf ihrem Orakelkasten hin und her. »Die Daten sind noch nicht vollständig. Am Fahrradlenker waren ihre Abdrücke, aber auch noch andere. Und die sind weggewischt worden, mit einem Putzlappen für Brillen. Auf der Waffe übrigens genauso. Da waren Baumwollfaserspuren in der gleichen Art und Farbe drauf; ich logge mich wegen der Anmeldung mal beim Nationalen Waffenregister ein. Vielleicht finde ich da was.«

Hinnerk war ans offene Fenster getreten und hatte seine Kaustange angezündet, ließ den Rauch aber nach außen entweichen. Lukas fummelte ebenfalls an seinem Kästchen herum, als Svantje etwas gefunden hatte.

»Also, ich habe beide Waffen beim NWR überprüft. Frau Svoboda hat ihre ordnungsgemäß verkauft und abgemeldet, an einen Schweizer Händler, wie sie behauptet hat. Sie hat seitdem keine neue mehr angemeldet. Und die jetzt gefundene Pistole stammt von demselben Händler, witzig, oder? Der gleiche Typ, nur ein anderes Kaliber. Der Schweizer hat sie an einen Wachmann bei einer Bremer

Versicherung verkauft, und der hat sie letztes Jahr als verloren gemeldet, nach seiner Aussage ist sie in der Garderobe abhandengekommen.«

»Vielleicht war der Besitzer ja Kunde bei der Svoboda«, steuerte Hinnerk vom Fenster aus bei. »Und er hat sie da vergessen, traute sich aber nicht, das zu sagen, oder sie hat sie ihm geklaut.«

»Unwahrscheinlich, aber nicht unmöglich«, fand Svantje.

»Finde ich nicht sehr plausibel, zu viele Zufälle. Für mich stellt sich das anders dar«, setzte Lukas zu einer Analyse an.

»Die Svoboda will einer linken und uns als Täterin präsentieren. Abgewischte Spuren am Lenker, die Kippe am Tatort, die sorgfältig gesäuberte Knarre ausgerechnet hinter ihren Briefmarken, der Verdacht auf möglichen Versicherungsbetrug, der gleiche Waffentyp vom selben Händler, da würde doch jeder Amateur drauf schließen, dass die Svoboda die Mörderin ist. Mit einem Motiv wie folgt: Mehnert hat ihr die Briefmarke gestohlen, hatte sie aber schon weitergegeben. Sie war wütend, hat es zu Haus gemerkt, hat ihn gefunden und abgeknallt. Die Waffe hatte sie sich über einen guten Bekannten in Bremen wiederbesorgt, den Wachmann, der sie als gestohlen gemeldet hat, damit sie aus dem Schneider ist. Bloß sind wir keine Amateure, die auf sowas reinfallen. So ist das nicht gelaufen, die Frau war's nicht.«

Na also, dachte ich. Hätte ich euch gleich sagen können.

»Demnach müssen wir denjenigen finden, der in Bremen

die Waffe gestohlen hat, der sich mit Briefmarken auskennt, der Kunde bei ihr ist oder war. Jemand, der Brillenträger ist oder ein anderes optisches Gerät hat, der Mehnert kennt und einen guten Grund hat, ihn zu ermorden und die Svoboda zu belasten.«

»Eifersucht?«, fragte Hinnerk vom Fenster. »Bei einer Prostituierten eher unwahrscheinlich«, fand Lukas. »Aber man hat schon reihenweise Pferde vor Apotheken kotzen sehen. Das wird die Svoboda wissen, ob einer dolle verliebt in sie war. Die sitzt hinten im Vernehmungsraum, frag sie doch bitte mal, Svantje.«

Die Pudeldame nickte und ging hinaus.

»Damit sind wir wieder ganz am Anfang«, ärgerte sich Hinnerk. »Dass jemand eine Frau als Täterin aufbaut, hatten wir uns schon beim Fund der Leiche gedacht. Jetzt kennen wir diese Frau und wissen einiges über das Opfer, aber ein Motiv und einen Täter haben wir immer noch nicht.«

»Weißt du was? Wir gehen jetzt rüber zu ihr, bevor sie für die Nacht ins Untersuchungsgefängnis nach Meppen gebracht wird, da ist sie erstmal außer Reichweite. Wir brauchen die genauen Beschreibungen der Leute, die kurz vor und nach dem Mord bei ihr waren, denn nur die können die Waffe bei ihr deponiert haben und die Briefmarke mitgenommen haben. Die Marke als Motiv für den Mord an Mehnert, das der Täter damit geschaffen hat. Und lass bitte morgen früh gleich diese Auguste abholen, wir benötigen ihre Phantomzeichnungen. Ich gehe schon mal rüber. Komm, Jackie, du brauchst auch ein wenig

Bewegung. Und dann geht es ab nach Haus und in die Heia.«

»Moment«, unterbrach ihn Hinnerk. »Wieso vor und nach dem Mord?«

»Ist doch logisch. Vorher, um die Kippe als Beweismittel mitzunehmen, mitsamt einem Markenheftchen. Womöglich auch schon die Briefmarke, das ist aber egal. Und danach, um die Waffe zu deponieren. Das schränkt den Täterkreis enorm ein, wer geht schon so kurz hintereinander zu einer Prostituierten.«

Wir marschierten alle vier gleichzeitig in dem Raum, wo das langhaarige Weibchen einsam wartete.

Die Menschen blieben stehen, ich setzte mich und beobachtete die Afghanin, ob sie log oder nicht.

»Frau Svoboda, wir möchten wissen, ob einer Ihrer, äh, Gäste zweimal bei Ihnen war, sowohl am Wochenende und bald danach, Montag oder Dienstag. Also kurz hintereinander. Jemand, der erst eine Kippe und ein Briefmarkenheftchen mitgehen lassen hat, und der Montag oder Dienstag die Pistole bei Ihnen deponiert haben könnte. Die Person, die dann auch Ihre seltene Marke gestohlen hat. Denken Sie bitte nach.«

Ein Lächeln flog kurz über ihr Gesicht. Aha, dachte ich. Sie hat gemerkt, dass wir jetzt jemand anderen verdächtigten. Einen Wimpernschlag später konzentrierte sie sich auf die Frage.

»Zwei«, sagte sie. »Einmal Jan-Olav Frerichs, der ist Stammkunde, seit seine Frau bei einem Unfall gestorben ist, ein Bauarbeiter. Ob der helle genug ist, so was zu planen, bezweifle ich. Und ein Mann mit Hamburger Akzent, der sich Dieter nannte und bar bezahlt hat, der war am Sonntagnachmittag nach dem Kaffee und Montag Nacht um halb zwölf da. Ich wollte nämlich gerade ins Bett, ich dachte, das war's für den Tag, dann klingelte er.«

Sie strich sich mit einer eleganten Bewegung das lange Kopffell über die linke Schulter.

»Das hatte mich gewundert, so schnell hintereinander. Er sagte, es wäre toll gewesen mit mir, hätte ihm Spaß gemacht. Obwohl es am Sonntag eher kurz und schmerzlos über die Bühne gegangen war, aber man steckt da ja nicht drin in den Leuten.«

Svantje schrieb sich alles auf.

»Kennt der Frerichs sich mit Briefmarken aus? Oder dieser Dieter? Haben Sie mit einem über Ihr Hobby gesprochen?«

Sie überlegte und schüttelte dann ihr Fell. »Ich glaube nicht.«

»Könnte einer von den beiden Ihren Schorschi kennen, oder hat ihn einer erwähnt?«

Die Afghanin drückte mit Daumen und Mittelfinger auf ihre Schläfen und schloss bei gesenktem Kopf die Augen. »Na ja, der Jan-Olav will nicht groß reden, der möchte nur Stress abbauen. Dieser Dieter dagegen, der hat die ganze Zeit gelabert. Er hat mir klargemacht, dass er ein extrem wichtiger Typ ist, mir vorgeschwärmt, wie klasse er mich findet, ob die anderen Männer mich auch so gut finden und ich bei denen genauso abgehe. Solche Sachen.«

»Wer von den beiden war denn eine Zeitlang allein in Ihrer Wohnung, also ohne dass Sie dabei waren, Frau Svoboda?«, fragte Lukas weiter. »Wenn Sie duschen, sich anziehen oder mal müssen.«

»Oder sich schminken«, ergänzte Svantje.

Die Windhündin grinste. »Jan-Olav will immer schleunigst weg, wenn wir durch sind. Er legt die Kohle auf einen Tisch an der Tür und haut ab, hat wohl jedes Mal ein schlechtes Gewissen. Der Dieter, na ja, ich kenne den ja gar nicht. Am Sonntag, da wollte er für einen Extra-Hunni noch Kaffee bei mir trinken und ein wenig schnacken, wie er sagte. Er hat sich gleich angezogen und ist ins Wohnzimmer, ich habe mich wieder feingemacht, im Bad.« Sie sah Lukas' fragenden Blick. »So um die zehn Minuten.«

»Und Montagnacht?«, fragte Hinnerk nach. »Hatte dieser Dieter eine Tasche dabei? Und haben Sie ihn da auch für eine kurze Zeit allein gelassen?«

Sie dachte wieder nach, wobei sie sich das Ohrläppchen massierte. Dann errötete sie. »Ist mir ja peinlich«, sagte sie. »Als wir dabei waren, musste ich dringend, also was Größeres, und bin raus. Da war er so zwei, drei Minuten allein. Als wir fertig waren, habe ich mir nur einen Bademantel angezogen und habe ihn zur Tür gebracht, ich wollte ja endlich schlafen.«

Wir vier sahen uns an. Das passte alles. Dieter war der Mann, der wir suchten.

»Wir brauchen Ihre Beschreibung von dem Dieter und die Adresse von Jan-Olav«, verlangte Lukas. »Dann hebe ich die vorläufige Festnahme auf, wenn Sie mir versprechen, dass Sie sich weiter zu unserer Verfügung halten und Wittmund nicht verlassen. Ist das okay?«

Sie lächelte. »Sehr sogar. Jan-Olav wohnt über der *Bohnenbar*, mehr weiß ich nicht. Aber dem traue ich das nicht zu.«

»Dann zu Dieter, bitte.«

Die Afghanin griff mit der rechten Hand an ihr langes Kopffell, drehte es zu einer dicken Wurst zusammen und spielte damit, während sie ihre Worte formulierte.

»Dieter ist ein ziemlich großer und, wie soll ich sagen, eher korpulenter Mann, um die zwei Meter, dafür weit über hundert Kilo, das merkt man als Frau. Braune Augen, kurze hellbraune Haare, viele Tattoos, auch an weniger zugänglichen Stellen, wenn Sie verstehen, was ich meine, und gute Zähne. Der wollte beißen, ich mag das nicht. Ach ja, er hat davor noch eine geraucht, Marlboro light, glaube ich. Nee, war es, ganz sicher. Ach ja, alte Narben hatte er da und dort, im Nacken und am Bauch, wie von Messerstichen oder Schnitten.«

»Bart?«, fragte Svantje. Die Svoboda verneinte.

Hinnerk hatte eine Frage. »Als er sich ausgezogen hat, hat er da vielleicht Autoschlüssel dabeigehabt? Fallen ja leicht mal aus der Tasche.«

»Kann ich mich nicht dran erinnern. Wenn, dann ein Sportwagen, das war ein Angeber, der Typ.«

Lukas sah zufrieden aus. »Das war schon eine unerwartet gute Beschreibung. Ich denke, wir lassen Sie jetzt gehen, Frau Svoboda. Kommen Sie bitte morgen um neun Uhr wieder her, wir möchten Phantomzeichnungen anfertigen lassen. Und gehen Sie die Ereignisse im Kopf nochmal durch. Vielleicht fällt Ihnen ja noch etwas ein. Denken Sie daran, dass der Typ mit einiger Wahrscheinlichkeit Ihre Briefmarke geklaut hat. Die wollen Sie doch sicher zurück.«

»Worauf Sie Ihr Haus verwetten können«, lachte sie. »Danke, dass ich nach Hause darf. So wird man sonst in meinem Job selten behandelt. Wir gehören sonst immer zu den Bösen.«

»Ach was.« Svantje legte ihr den Arm über die Schulter. »Kommen Sie, ich bringe Sie nach Haus.«

KAPITEL 17

Lukas und ich fuhren ebenfalls heim, es war spät, nach zehn Uhr. Die Welpen waren bereits im Bett; Lisa hatte auf uns gewartet, obwohl sie selbst müde war. Sie arbeitete in der Rechtsmedizin und hatte noch etwas für uns.

»Eigentlich wollte ich schon zu Bett«, sagte sie und goss Lukas ein Glas mit schäumendem Gerstensaft ein, nachdem sie mir Wasser und Rentierfleisch hingestellt hatte, leider nicht frisch, sondern aus einem Blechrohr. Trotzdem sehr gut, ich konnte kaum zuhören.

»Ich hatte die ganze Zeit das undeutliche Gefühl, dass wir bei Mehnerts Leiche irgendetwas übersehen hatten«, erzählte sie Lukas, bevor sie einen Schluck trank. »Ich habe ihn mir heute noch mal vorgenommen, wir hatten ihn ja bisher nicht freigegeben. Und dann habe ich es gefunden.«

Sie stellte ihr Glas wieder ab und sah ihren Rüden siegessicher an. »Und nun rate mal. Kommst du nicht drauf.«

»Er war schwanger«, riet mein Assistent.

»Falsch.«

»Er war nur scheintot«, versuchte er.

»Einen hast du noch«, gab sie ihm eine letzte Chance.

»Er war ein Zombie«, sagte Lukas.

Ich sah kurz von meinem Rentier auf. Lisa hatte den Mund offenstehen und ihre blauen Augen weit aufgerissen. »Woher weißt du das?«, fragte sie.

»Wie? Echt?« Jetzt war es an Lukas zu staunen. »Erzähl.«

»Mehnert hatte eine Einstichstelle an der Beinvene, die nicht gut verheilt war. Normalerweise nichts Erstaunliches. Nur ist das genau die Stelle, von der aus oft minimalinvasive Operationen durchgeführt werden. Als ich das gefunden hatte, habe ich mich heute Mittag an eine Läsion erinnert, in der Nähe der Amygdala, also zwischen ihr, dem Hippocampus und dem Kleinhirn. Das Hirn lag ja nach wie vor im Kühlschrank, ich hab's mir noch mal genau angesehen.«

»Ist das nicht eine Pferderennbahn, dieser Hippocampus?«, fragte Lukas.

»Sieht so ähnlich aus, deshalb heißt das so«, erklärte sie. »Also, das alles hat mit Erinnerungen, Gefühlen und motorischer Steuerung zu tun. Wahrscheinlich greift der NFC-Chip, den er eingebaut hatte, auf alle drei Gebiete zu.«

»Nee, ne?«, fragte Lukas. »Der hatte einen Computerchip im Brägen? Und was macht das Teil da?« Er trank einen Schluck und wischte sich mit dem Handrücken den Mund ab.

»Keine Ahnung. Das kann zur Übermittlung von Informationen dienen, vielleicht sogar zur externen Steuerung und Kontrolle, oder zu Forschungszwecken. Ich habe bei einer Firma in Hamburg angerufen, die sowas vertreibt und das ›Upgraded Humans‹ nennt, was sie damit bewirkt. Die Chips, die dort angeboten sind, waren eher harmlos, für Bezalsysteme, Türöffnen und solche

Dinge, aber es gibt da noch ganz andere Chips mit viel weiter reichenden Funktionen, sagten die. Das, also dieses Biohacking, hat sich inzwischen extrem schnell weiterentwickelt, das Mensch-Maschine-Interface, als wir jemals gedacht hätten, Lukas. Und der Typ war beim Militär und saß jahrelang an den Feuerknöpfen. Ich habe versucht, das herauszufinden, wo er wann operiert worden ist, war aber Fehlanzeige. Werden wir wohl niemals erfahren.«

»Und? Was war das für ein Chip? Hast du den rausgeschnitten?«, fragte Lukas.

»Hatte ich vor. Ich habe mir von den Hamburgern ein Programm empfehlen lassen, mit dem ich den Chip lesen kann, und die Software auf mein Handy geladen. Ich hatte das installiert, wobei ich neben seinem Gehirn saß, und war dabei, die Bedienungsanleitung verstehen zu wollen. Bevor ich zum Skalpell greifen konnte, war ein Typ vom BND da, mit zwei bewaffneten Begleitern, und hat gleich alles mitgenommen, das Gehirn, mein Handy und mein scharfes Keramikskalpell auch noch. Ohne jegliche Empfangsbestätigung oder Nennung von Namen und Dienstrang. Einfach so. ›Wir nehmen das mit, das geht Sie nichts an, machen Sie was anderes und vergessen Sie uns besser sofort wieder, sonst bekommen Sie massiv Ärger‹, in dem Stil.«

»Wow«, staunte Lukas. »Warum hast du mich nicht sofort angerufen?«

»Ohne Handy? Ich brauche ein neues, denke ich. Meins war eh alt. Die Daten habe ich ja alle auf der Cloud. Auch du hättest nichts machen können. Außerdem wusste ich nicht, ob die womöglich eine Wanze im Labor hinterlassen haben, normales Telefon ging also auch nicht. Ich musste das alles erstmal verdauen.«

»Das meinst du also mit Zombie«, staunte Lukas. »Der war ferngesteuert, über sein Handy und diesen Chip.«

»Muss nicht, außerdem hast du das gesagt, nicht ich. Das kann alles Mögliche gewesen sein. Ein Lernprogramm, Datensammlung, Feintuning von Aktionen, bis hin zur Fernsteuerung zum perfekten Soldaten. Vielleicht auch nur eine schlichte Temperaturüberwachung.«

»Ich habe vor Kurzem mal gelesen, dass sie Affen so etwas eingepflanzt haben und die damit sozusagen upgegradet hatten. Die konnten mit dem Teil im Kopf Dinge, die vorher unmöglich gewesen wären«, erinnerte sich Lukas.

»Der Typ war beim Militär. Die Narben waren alle älter, ich gehe davon aus, dass er den Chip, wahrscheinlich ein wesentlich besseres Modell als nur für Bezahlsoftware, in Afghanistan eingesetzt bekommen hat, mit oder ohne sein Wissen. Wenn er sein Handy dabeihatte und ein entsprechendes Programm darauf war, oder direkt übers Netz, lief da was ab. Verbesserte Funktionen, sage ich mal. Ein Test.«

»Und hier bei uns braucht er das entweder später, falls es mal zum Konflikt kommt, oder schleppt es nur noch als Ballast mit sich herum.« Lukas kaute auf seiner Unterlippe. »Vielleicht ist das bei der Ausbildung hilfreich. Bei den

Wölfen hat es zumindest perfekt geklappt. Ich habe ein Video gesehen, wie der mit seinen Händen über die Tasten geflogen ist und ein Rudel in Nullkommanichts ausradiert hat. Mit Overkill. Vielleicht gar nicht mal ferngesteuert, nur als Verstärkung und Perfektion seiner Fähigkeiten.«

Lisa sah ihn nachdenklich an und nahm noch einen Schluck aus ihrem Glas. »Hm. Einen weiteren Einsatz damit, drei Jahre später, kann ich mir nicht vorstellen. Die Technik schreitet heute exponentiell voran, die werden jetzt ganz andere Möglichkeiten haben. Und Rausholen wäre zu teuer, würde ihn vielleicht sogar umbringen. Ich würde mir eher vorstellen, dass da was aus dem Ruder gelaufen ist. Er könnte zu einem unbequemen Problem geworden sein.«

»Oder die Konkurrenz hat das mitbekommen und ihn beseitigt«, warf Lukas ein. »Vielleicht wollten sie ihm das Teil rausschneiden, sind aber von dem Bauern gestört worden, der ihn gefunden hat.«

»Dann hätten sie die Leiche mitgenommen oder ihn besser lebend entführt, um das System kennenzulernen«, entgegnete Lisa. »Glaube ich nicht.«

»Du meinst, da wäre was aus dem Ruder gelaufen. Er galt als empathielos und unnahbar. Vielleicht hätten ihn diese Misanthropie und der Chip, wenn sich das gegenseitig verstärkt, dazu gebracht, mit den nächsten Waffentests des MELLS halb Bremerhaven in Schutt und Asche zu legen oder so was.«

»Dann würde es Sinn ergeben, ihn auszuschalten«, gab Lisa zu. »Der Chip würde mit seiner Leiche verbrannt werden. Bei einer normalen Obduktion würde das niemals auffallen, nur bei mir hatten sie Pech. Und wenn der Cleaner, den sie damit beauftragen, ihn kaltzustellen, eine gute Legende erschafft, an die die Polizei glaubt, ist der Fall erledigt.«

Er nickte, ich brummte ebenfalls Zustimmung. Lisa ist eine der klügsten Menschinnen, die ich kenne, sie hat Lukas schon fast so oft wie ich auf die Sprünge geholfen.

Bei mir machte sich das späte Essen bemerkbar; ich ging langsam zur Tür hinüber und legte mich auf eine Matte.

»Und genau so war das mit der Legende«, bestätigte Lukas. »Das sollte aussehen wie ein Beischlafdiebstahl. Mehnert war vorher bei einer Frau, der eine teure Briefmarke gestohlen worden ist. Bei der haben wir die Waffe gefunden, mit der Mehnert erschossen worden ist. Und eine Kippe von ihr am Tatort, neben weiteren Spuren an ihrem Fahrrad. Damit wäre der Fall aus deren Sicht gelöst gewesen. Und dieser Cleaner, wie du ihn nennst, hätte außerdem noch einen guten Schnitt mit dieser Marke gemacht, die er Jahre später irgendwo verkaufen kann.«

»Nur wirst du den niemals kriegen«, sagte Lisa bedauernd. »Die spielen in einer anderen Liga als wir, da hält jemand die Hand drüber. Nicht zugänglich für Normalsterbliche.«

»Außer für Jackie und mich«, erwiderte Lukas. »Wir sind nah dran, und ich glaube, der Typ ahnt noch nichts. Der war natürlich auch bei dieser Frau, um sie als Täterin aufzubauen. Und bevor ich große Geschütze auffahre und die da oben das merken, habe ich den Kerl und buchte ihn ein. Dann werden die ihn fallenlassen wie eine heiße Kartoffel. Mit irgendeiner neuen Legende. Die sind doch alle entbehrlich und schon mit der Einstellung potenzielle Kollateralschäden.«

»Wenn du damit doch nur recht hättest«, gähnte Lisa, trank ihr Glas leer und stand auf. »Für heute hatte ich fast genug Aufregung. Kommst du auch gleich ins Bett, mein Lieber?«

Lukas sah zu mir herüber. »Sehr gerne und so schnell wie möglich. Ich muss noch mit Jackie raus. Bis nachher.«

*

Nach Frühstück und Morgenrunde fuhren ein zerstrubbelter Lukas und ich zeitig ins Büro. Wir hatten Informationen, die keiner von den anderen kannte und auch nicht wissen durfte. Lukas instruierte die Kollegen sofort, nichts darüber verlauten zu lassen, dass wir Frau Svoboda als falsche Spur entlarvt hatten. Im Gegenteil ließ er sie wieder von der Streifenpolizei abholen und vernahm sie erneut, während ihre Nachbarin Auguste in einem anderen Raum mit einem Zeichner Phantomzeichnungen anfertigte.

Frau Svoboda sah wieder wie die so gut wie überführte Täterin aus.

Ich selbst wusste von Anfang an, wer der Schuldige war. Nicht der oberste Ganove, der diese Sache mit den Chips organisiert hatte und jetzt Beweise vernichten wollte, sondern der Totmacher, der Dicke. Ich hätte ihn längst gefunden, musste aber auf die langsamen Methoden meiner Mitarbeiter warten.

Es war schon nach zehn, um die Zeit, wo sich mein Team

um den Tisch setzte, um rotes Gebräu zu sich zu nehmen, zusammen mit Keksen, Kuchen oder Röllchen. Heute kamen sie nicht dazu.

Lukas hielt mir drei Bilder vor die Nase.

»Vielleicht hat Jackie ja eine Idee«, sagte er halb im Scherz. Manchmal glauben die Menschen nicht wirklich an uns, vermutlich um ihre eigenen Schwächen zu überspielen.

Das war meine Chance. Ich hatte den Dicken direkt auf der Fahrt vom Tatort an der Straße gesehen, wie er zufrieden vor sich hin pfeifend am Straßenrand ausschritt.

Das dritte Bild zeigte ihn. Breites, etwas wabbeliges Gesicht mit erschlafften Hamsterbacken, wache kleine Schweinsäuglein, große Ohrmuscheln mit langen Lappen darunter, schütteres Kopffell, buschige Fellbündel über den Augen, dazwischen ein zackiger Riechapparat, der aussah, als ob er schon mehrfach gebrochen worden war. Mehr gab die Zeichnung nicht her. Sie hätte noch nach Rauch und Schweinefleisch riechen sollen, was sie natürlich nicht konnte.

»Genau! Der war's! Der war's! Schnappt euch den und ab in den Zwinger!«, ordnete ich an.

Lukas sah mich zweifelnd an. »Das hätte ich jetzt nicht gedacht, dass Jackie den tatsächlich schon mal gesehen hat. Hunde kriegen ja manchmal mehr mit als wir. Obwohl er das eher mit der Nase macht, der Kleine.«

Er ging zurück an den Tisch. »Wir konzentrieren uns vorerst auf den. Und wir machen das nicht über unsere Polizei-Software. Ich habe den begründeten Verdacht, dass der Täter unter besonderem Schutz steht. Die Svoboda behalten wir hier, solange es geht, und behaupten Presse und Vorgesetzten gegenüber, wir hätten die Täterin festgesetzt, mehr aber auch nicht, keine Namen, keine Details. Bitte nicht bei den Einwohnermeldeämtern oder in den Verbrecherkarteien suchen; wir machen das auf die altmodische Weise. Fragen in Geschäften, beim Friseur, in Schlachterläden. Der Typ ist groß und fett, laut Frau Svoboda, der isst viel Fleisch. Fleischtheken an Supermärkten. Und Pensionen und Fremdenzimmer in der Nähe von Frau Svobodas Wohnung. Nur wir drei und ein paar Leute, denen wir vertrauen können. Sinja, Werner Reemtsma, Johanna Kleinschmidt. Eigentlich auch gern Frau Meier, aber wenn wir sie einschalten, kommt der ganze Apparat in Bewegung, und das möchte ich nicht. Wir müssen zuschlagen, bevor irgendein Geheimer das mitbekommt und uns stoppt.«

»Wir sind doch nicht bei der Stasi«, moserte Hinnerk.

»Nein, das nicht. Manche Sachen sind größer als wir, die werden von anderen beschützt, Hinnerk. Unser Job ist es, einen Mörder festzusetzen. Was danach passiert, ist Sache der Justiz und des Staates. Ich möchte, dass wir unseren Job ordentlich machen und das Schwein fangen.«

In manchen Momenten bin ich richtig stolz auf meinen Lukas.

»Hinnerk, du organisierst das. Macht mal genug Kopien für alle. Jackie und ich nehmen uns die Schlachterläden und die Fleischtheke bei Lidl vor. Verbindung übers Handy, nicht über den Polizeifunk, nehmt Signal oder so was.

Bericht an alle, sobald einer etwas hat. Und los!«

Lukas schnappte sich eine Zeichnung, faltete sie und steckte sie in seine hintere Hosentasche. Dann überprüfte er den Zustand seines eigenen Knallrohrs und schob es zufrieden zurück in sein Schulterholster. Trotz der Wärme draußen zog er sich eine dünne Sommerjacke über, damit man die Waffe nicht gleich sah.

»So, Jackie. Wir ziehen los. Und wenn du etwas Verdächtiges von dem Typen mitkriegst, bellst du zweimal laut, okay?«

Ich bellte zweimal laut.

»Na also, geht doch«, sagte er.

Wir gingen raus und zum Auto, dummerweise nicht durch den Park. Dort hätte ich meine eigenen Leute einsetzen können, die den Dicken auch so gefunden hätten. Trippel X, Nino, Mia, Teddy und all die anderen, die mir Hilfe zugesagt hatten.

Lukas fuhr als Erstes zu Lidl, wollte aber allein rein und ließ mich draußen Wache schieben.

»Nix«, sagte er. »Wir fahren noch zu Edeka in Leerhafe, die sollen eine gute Fleischtheke haben. Die anderen kümmern sich um die sonstigen Geschäfte in Wittmund. Bringe dir was mit, Kleiner.«

In Leerhafe ließ er mich im Auto warten. Dabei hätte ich mit Sicherheit sagen können, gleich nach dem Aussteigen, ob der Dicke hier gewesen war. Lukas kam zurück und hatte Pansen und Milz vom Schwein in einer Plastikschale, die er auf den Boden der Kutsche stellte. »Als Wegzehrung.

Ich habe nachgefragt; in Jever gibt es drei Fleischereien, da ist keiner eingeteilt. Letzte Möglichkeit, Jackie.«

Die Fahrt war viel zu schnell zu Ende, ich hatte noch nicht aufgegessen.

In Jever brummelte Lukas vor sich hin. »Die eine liegt in der Innenstadt, kann ich mit dem Auto nicht hin. Ich fahre zur Fleischerei Janssen. Klingt doch gut.«

Diesmal kratzte ich an der Kutschentür. Der Pansen hatte eine durchschlagende Wirkung bei mir, außerdem wollte ich nicht tatenlos bei meinen eigenen Ermittlungen zusehen.

Schon vor der Tür vergaß ich das hündische Rühren sofort wieder. Am Rand der Gosse neben dem Gehweg lag eine gebrauchte Rauchrolle, deren Gestank mir bekannt vorkam. Ich ging hin, Lukas folgte mir wie immer.

»Du wirst noch ein richtiger Kippensammler, Jackie«, lobte er mich und nahm das Corpus Delicti auf und sah es sich an. Er war also doch lernfähig und brachte es nicht gleich zum nächsten Sammelkasten.

»Marlboro light«, murmelte er. »Würde ja schon mal passen.«

Wir gingen rein, auch wenn im Fenster ein Bild von einem Hund stand, unter dem irgendwelche Zeichen zu sehen waren. Menschen können mit diesen Geheimzeichen etwas anfangen, ich leider nicht.

»Der Hund muss aber draußen bleiben«, sagte ein Weibchen hinter der Theke. »Das ist ein Lebensmittelladen.«

Genau aus dem Grund bin ich doch hier drin, dachte ich,

und bestaunte all die leckeren Sachen hinter den Glasscheiben.

»LKA Niedersachsen, Lukas Jansen«, stellte mein Assistent sich vor. »Und Jackie, unser Spürhund.«

Er zog das Bild aus seiner Hosentasche und entfaltete es. »Haben Sie diesen Mann schon mal gesehen?«

Das Weibchen hinter der Theke beugte sich vor und rückte an den Gläsern herum, die es mit einem Gestell auf der Nase trug. »Aber sicher. Der kommt in der letzten Zeit häufig. Wir haben immer eine Extraportion Cordon bleu und ein Kilo Mett für ihn, das kauft er oft, außerdem Wurst und Corned Beef. Guter Kunde. Der wird doch hoffentlich nicht vermisst?«

»Sein Auto ist von Dritten beschädigt worden«, erfand Lukas frei, wie ich sofort roch. Das konnte er doch gar nicht wissen. Vermutlich sollte die Frau keinen Verdacht schöpfen.

»Ach je«, sagte sie bekümmert. »Und?«

»Wissen Sie, wie er heißt oder wo er wohnt?«, fragte Lukas nach.

So etwas hatte er schon besser gemacht, mein Assistent. Wenn wir wussten, dass sein Auto beschädigt worden war, hätten wir auch seinen Namen und die Adresse gekannt. Hoffentlich merkte das Weibchen das nicht.

Während sie nachdachte, nahm sie wie automatisch ein Stück Blutwurst aus der Auslage und reichte es Lukas. »Hier. Für ihren Kleinen. Also, der Holzner, wo der wohnt … das weiß ich eigentlich gar nicht.«

Lukas zuckte zusammen, als ob er einen elektrischen Schock bekommen hätte. Das Stück Wurst hielt er dabei nach wie vor außer Reichweite. Ich sprang hoch und schnappte es mir, bevor er es ganz vergaß oder womöglich selber aufaß.

»Holzner? Doch nicht etwa Adrian Holzner?«, fragte er erstaunt.

»Ja, genau«, sagte die Frau wie selbstverständlich. »Warten Sie, wir haben öfter mal beliefert. Irgendwo habe ich die Adresse.«

Sie ging durch eine Tür in einen anderen Raum und kam zurück, bevor ich die Blutwurst zerkaut und geschluckt hatte.

»Ich habe Ihnen die Adresse aufgeschrieben. Hier, Herr Jansen. Sagen Sie ihm bitte, es tut mir leid wegen des Autos. Falls er nicht kommen kann, beliefern wir ihn jederzeit gern wieder.«

Lukas kramte ein Stück blaues Papier aus seinem Kuhhauttäschchen. »Vielen herzlichen Dank, Sie haben mir sehr geholfen. Geben Sie mir bitte noch ein paar frische Innereien mit. Stimmt so.«

Das Weibchen packte ein paar leckere Sachen für mich ein. Gut, wenn man so aufmerksame Assistenten hat, dachte ich, als wir zu unserer Kutsche zurückgingen.

»Barumser Weg«, murmelte Lukas, als er etwas mit dem Finger auf einen Bildschirm im Auto eintippte. »So was. Da hätte ich den Kerl niemals vermutet. Quasi vor unserer Haustür, gut versteckt mitten im offenen Land. Na warte,

Freundchen.«

Er fuhr los und drehte sich zu mir um.

»An dem Kerl waren wir schon mal dran, Jackie, erinnerst du dich? Als wir die Flammenkiller gejagt haben. Das war der Typ, der die Killer von beiden Seiten aus dem Weg geräumt hat, die uns ihr LPG und ihr Russengas aus Nord Stream zwei auf die Nase drücken wollten. Der Cleaner, an den wir nicht ran durften, weil der BND oder wer auch immer eine schützende Hand über ihn hielt. Jetzt ist er fällig. Der darf uns nicht noch mal entkommen, Jackie.«

Ich bestätigte ihm das mit zwei kurzen Worten. »Ja. Genau.«

»Bell hier nicht rum«, kläffte er, bevor ihm einfiel, dass er mir genau das vorher eingeschärft hatte. »Ach so. Danke.«

»Gern geschehen«, antwortete ich. Er streckte eine Hand nach hinten und massierte mir kurz das Nackenfell.

Dann waren wir da und hielten vor einem Backsteinhaus neben einem Siel. Lukas zog seine Waffe und ließ mich raus. »Bleib still, Jackie, wir dürfen den nicht warnen.«

Wir schlichen zum Haus, Lukas spähte durch ein Fenster, dann durch ein anderes.

»Der Typ ratzt«, sagte er leise, wie zu sich selbst.

Wir gingen zur Tür, Lukas drückte langsam auf die Klinke, die nachgab.

»Fühlt sich wohl sehr sicher, der Typ«, murmelte er,

bevor er die Tür vorsichtig öffnete. Endlich war der Weg frei; ich sprang hinein und lief hinüber zum Dicken, Lukas fluchend hinter mir her, während ich dem Verbrecher sofort seine Rechte vorbellte.

Lukas machte es mir nach. »Herr Holzner, Sie sind hiermit vorläufig festgenommen. Sie haben das Recht auf einen Anwalt und ein Telefonat, außerdem auf die Einlegung von Rechtsmitteln. Auf der Wache, nicht hier. Stehen Sie auf und drehen Sie sich um. Jetzt.«

Er winkte mit seiner Waffe.

Der Dicke öffnete langsam seine Schweinsäuglein. Kam das vom vielen Schweinefleischessen, fragte ich mich. Musste ich da aufpassen, damit ich nicht auch bald so aussah wie ein Schwein?

»Ach nee, Lukas Jansen«, gähnte der Mann, als er die Unterschenkel über die Bettkante wuchtete, die aussahen wie fette Eisbeine. »Mit Ihnen hätte ich nun gar nicht gerechnet. Sie sind doch im Watt ertrunken? Wie sind Sie denn aus der Nummer wieder rausgekommen?«

Ich wusste, was der Dicke meinte. Lukas war im eisigen Watt ausgesetzt worden und nur mit Mühe und Not an Land gekommen. Der Fall, den er verfolgt hatte, war damals ad acta gelegt worden. Was nach allem hündischen Wissen soviel bedeutete, dass er nicht mehr bearbeitet wurde. Und doch quälte sich der Schuldige von damals gerade vor uns aus dem Bett, nackt und struppig wie eine Wildsau.

»Wo haben Sie Ihre Waffe?«, fragte Lukas argwöhnisch. »Versuchen Sie keine Tricks, sonst muss ich Sie erschießen.

Sie wären nicht der Erste.«

»Da hinter Ihnen in der Kommode«, gab der Dicke an.

Lukas grinste. »Damit ich mich umdrehe, nicht? Sehe ich gleich nach. Ziehen Sie sich Unterhose und Hemd an, die Hose muss ich erst prüfen. Und legen Sie sich mit dem Bauch aufs Bett.«

Der Rüde ächzte und stöhnte und ließ Gas ab, kam Lukas' Wunsch aber nach. »Arme nach hinten«, befahl Lukas und nahm ein paar metallene Klammern von seinem Gürtel, die er um die fetten Handgelenke von Holzner legte und einschnappen ließ.

»So, und jetzt schauen wir mal.«

Mein Assistent nahm die Hose auf und fasste in die Taschen. »Ein Klappmesser. Aha.«

»Wenn Sie das angefasst haben, können Sie das als Beweismittel vergessen. Da müssen Sie schon die Spurensicherung rufen«, empfahl ihm der Dicke.

»Netter Versuch, Hilfe herbeizuzaubern, aber danke«, antwortete Lukas und zog ein Paar weißer Handschuhe aus seinen unergründlichen Taschen. Während ich den Dicken weiter bewachte, damit er nichts versuchte, durchsuchte Lukas das Haus. Dann griff er zu seinem Plapperkasten und rief Svantje an.

»Ruf bitte die anderen an, vor allem Werner und Johanna«, sagte er zu ihr. »Die sollen mit ihrem Kram herkommen und das Haus auf den Kopf stellen. Nicht zuletzt wegen der Briefmarke, ist ein wichtiges Beweismittel. Die Adresse gebe ich durch. Ich fange schon mal an zu sichten.«

Er steckte den Kasten wieder weg und ging durchs Haus, während ich den Dicken bewachte, mit meinen Fängen über seinem weißen Hinterteilgebirge.

»Wie schön«, sagte Lukas, als er zurückkam. »Drei Pistolen, darunter noch eine Heckler & Koch vom gleichen Typ wie bei Frau Svoboda, ein Gewehr, eine Schrotflinte, Munition, ein Giftschrank und vier Handgranaten. Welches Land wollten Sie denn damit erobern, Holzner?«

»Ich muss aufs Klo«, grummelte der Dicke. »Sie wollen doch nicht, dass ich hier aufs Bett scheiße. Das wäre Folter.«

Lukas lachte. »Jackie, pass auf und gib Laut, wenn er was macht. Ich schaue mir das Badezimmer vorher mal an.«

Er kam mit einer weiteren Waffe zurück. »Spülkasten. Sie werden alt, Holzner, das kommt doch in jedem dritten Krimi im Fernsehen vor.«

»Sie werden damit nicht weit kommen, Jansen«, drohte der Dicke. »Sobald meine Festnahme bekannt wird, sind Sie in Teufels Küche. Suchen Sie sich schon mal einen Job als Türsteher.«

Lukas reichte ihm die Hose. »Hier. Steigen Sie da rein, ich mache Sie Ihnen zu. Und sagen Sie mir, wo die Marke ist, die Sie bei Frau Svoboda entwendet haben. Allein schon wegen Diebstahl kriegen wir Sie dran, Holzner. Und ich bin mir sicher, dass eine Ihrer Kanonen die Mordwaffe bei Mehnert war. Da werden Ihnen Ihre Helfer abspringen wie Flöhe von einem geimpften Hund. Sie werden das restliche Leben im Knast und danach in der Psychiatrie schmoren, Holzner. Oder Sie werden von einem Asset Ihrer Arbeitgeber zu einer Belastung, und die schicken einen Kollegen, der Sie ausknipst. Das ist in etwa Ihre Zukunft.«

»Sie haben keine Ahnung«, murmelte der Dicke, während er seine dicken Beine in die Hose steckte, die Lukas ihm hinhielt. »Von einer Marke weiß ich nichts. Und von einem Mehnert auch nicht. Sie spinnen doch. Das gibt richtig Ärger, Jansen. Sie werden mir rein gar nichts beweisen können, und diesmal geht Ihr Arsch endgültig auf Grundeis, da verwette ich meinen Hut drauf.«

Lukas ließ ihn aufstehen und knöpfte ihm die Hose zu.

»So, jetzt ab aufs Örtchen, Dickerchen«, sagte er und klopfte ihm aufs Hinterteil. »Ich komme mit, damit Sie nicht irgendwas versuchen.«

Lukas führte ihn vor sich her zu dem Raum mit dem Hygiene-Schrein. Ich ließ ihn machen und überlegte; wenn er recht hatte, musste dieses kleine Papierstück von der Afghanin hier irgendwo stecken. Den typischen trockenen Geruch der Papierbände, hinter denen das Schießeisen gelegen hatte, kannte ich.

Im Schlafraum war davon nichts zu erschnuppern. Ich ging in den Sitzraum, wo der Bildgeber stand; dort war der Geruch stärker, er kam von einem viereckigen Kasten, in dem kleinere viereckige Kästen zum Herausziehen steckten. In dem zweiten Kästchen war der Duft am stärksten; hier musste das sein. Ich ergriff den metallenen Bügel, der vorne an dem flachen, aber breiten und langen Behälter saß, und zog mit den Zähnen daran, wobei ich ein

Knurren nicht verhindern konnte. Das kommt automatisch, wenn ich auf etwas beiße, das ich nicht mag. Hier musste es sein.

Ich trat Schritt für Schritt zurück, bis die Kiste mit lautem Klappern auf den Boden fiel und ihren Inhalt auf den Teppich ergoss.

Mitten drin lag das Papierstück, in einem durchsichtigen anderen Papiertütchen. Lukas hatte recht gehabt. Ich gab Laut, Lukas, komm, und nahm die Anzeigeposition ein, rechte Pfote abgewinkelt vor, Schwanz waagerecht nach hinten, und rief nochmal.

Lukas kam an, die Augen noch auf die Tür vom Schrein gerichtet. »Was ist, Jackie?«

Ich rief nochmal und stupste die Nase auf das Papierstück.

»Wow. Braver Hund«, sagte er und gab mir eins meiner Leckerchen, bevor er eines seiner eigenen Tütchen nahm, das kleine Papier verstaute und in sein Kuhhautmäppchen steckte. »Danke. Ich muss zurück.«

So, dachte ich. Arbeit getan. Ich sprang auf ein Sofa und rollte mich ein, wurde aber nur wenige Minuten später von Sinja geweckt, der Freundin Svantjes.

»Schlaf nicht, Jackie, Lukas will zurück«, sagte sie. »Wir übernehmen hier.«

Ich streckte mich. Gut so. Ich stand auf, zeigte Lukas den Weg zurück zur Kutsche, wo er den Dicken mit den Metalldingern um die Vorderbeine auf die hinteren Sitze bugsierte. Ich musste aus Platzgründen diesmal neben ihn nach vorn, behielt unseren Gefangenen aber während der ganzen Fahrt im Auge.

Im Revier hielt uns der blaugekleidete Rüde am Empfang auf.

»Hier ist ein Schreiben von der Polizei Meppen für Sie angekommen, Herr Jansen«, teilte er Lukas mit. »Sieht nach einer Strafsache aus.«

Lukas nahm den Brief und öffnete ihn, dann lachte er schallend und zeigte mir ein Foto. »Das ist wegen einer Geschwindigkeitsüberschreitung, wir sind dort geblitzt worden«, teilte er dem Mann hinter der Glasscheibe mit. »Ich hatte mich gerade aus dem Fenster gelehnt, der Außenspiegel reagierte nicht auf den Knopfdruck. Sehen Sie selbst.«

Jetzt lachte auch der andere Mann. Auf dem Foto war nur ich zu sehen, wie ich mich vom hinteren Sitz aus an Lukas' Rückenlehne gestellt hatte und nach vorne spähte.

»Jackie, jetzt muss ich dich als Fahrer angeben«, grinste er. »Kann teuer für dich werden.«

Holzner, der hinter uns stand, war nicht mehr nach Lachen zumute. Wir brachten ihn in ein Zimmer meines Reviers, wo er sich hinsetzen musste. Lukas machte ihn am Stuhl fest, ging hinaus und kam dann mit der Windhündin wieder, die ihn sofort erkannte.

»Dieter!«, rief sie. »Du Schwein hast mich beklaut und mir deine Pistole untergeschoben. Na warte, du Arsch!«

Lukas beruhigte sie und platzierte sie dem Dicken gegenüber.

»Ist das der Mann, der Sie am Sonntag und am Montag

besucht hat und den Sie kurzfristig allein im Wohnzimmer gelassen hatten?«, fragte Lukas.

»Ja, sicher!«, behauptete die Frau. »Den erkenne ich schon am Geruch, die fette Sau!«

Wow, dachte ich. Manche Menschen konnten das also auch.

Lukas nahm das Papierchen aus seiner kleinen Mappe. »Und ist das hier die von Ihnen als gestohlen gemeldete Briefmarke, Frau Svoboda?«, fragte er, obwohl er die Antwort doch schon kannte. »Die Aussagen werden übrigens aufgenommen, ich hoffe, Sie sind damit einverstanden.«

Das Weibchen beugte sich darüber, ihre Husky-Augen weiteten sich. »Ja! Wahnsinn, Sie haben sie gefunden. Allerdings sieht sie etwas lädiert aus. Die können Sie doch nicht so einfach im Portemonnaie mit sich rumschleppen!«

»Die befand sich in Herrn Holzners Besitz, so heißt Ihr Dieter richtig. Sind Sie sicher, dass das Ihre Marke ist?«, fragte Lukas. Jetzt wollte er sichergehen, dachte ich. Ist ja bei Papier auch schwierig, für mich sahen die alle gleich aus.

»Absolut. Und der Schlappschwanz da hat sie geklaut«, klagte sie ihn mit funkelnden Augen an.

»Na na«, meckerte der Dicke. »Das klang am Montag aber noch ganz anders.«

Sie schnaubte.

»Wollen Sie Anzeige erstatten?«, setzte Lukas nach. »Dann nehme ich die auf, wegen schweren Diebstahls,

Vertuschung einer Straftat und weiteren Straftatbeständen, die ich schriftlich auflisten werde. In Ordnung?«

Die Afghanin nickte.

»Seitens des Staates kommen noch unerlaubter Waffenbesitz, mangelnde Sicherheit bei der Verwahrung von Schusswaffen und Mord dazu, neben kleineren Vergehen wie der Entwendung eines Fahrrads und der Verunreinigung der Landschaft mit Zigarettenkippen, für den Anfang.«

Er nickte einem Rüden zu, der in Blau gekleidet war und Abzeichen an seiner Kleidung hatte. »Abführen und zum Amtsgericht in Aurich mit ihm, Vorführung beim Haftrichter. Ich rufe den gleich an und erkläre ihm die Sachlage. Anschließend nach Meppen in die U-Haft, denke ich.«

»Können Sie gar nicht«, behauptete der Dicke. »Woher wollen Sie wissen, wer ich bin? Gegen unbekannt dürfen Sie keinen Haftbefehl beantragen.«

»Kann ich wohl, Herr Holzner. Frau Svoboda hat Sie identifiziert, als Dieter, und so werden Sie vorgeführt. Die Identität wird anschließend geklärt, aber als Täter stehen Sie fest. Das reicht. Abführen, vor der Vorführung beim Richter bitte noch die Fingerabdrücke nehmen und Fotos von ihm schießen.«

Der blaue Rüde half dem Dicken beim Aufstehen und nahm ihn mit.

Lukas wandte sich der Afghanin zu. »Die Marke werden wir als Beweismittel eine Weile hierbehalten, aber hier ist sie sicher. Sie sind weiterhin Eigentümerin und bekommen sie später wieder. Sie können jetzt zurück nach Haus, und ich danke Ihnen ausdrücklich für Ihre Mitarbeit, Frau Svoboda. Soll ich Sie fahren lassen, oder gehen Sie zu Fuß?«

»Das schaffe ich schon, sind ja nur ein paar Minuten«, grinste sie. »Danke. Das haben Sie toll gemacht. Sie und Ihr kluger Hund hier.«

Sie strich mir über den Kopf und kraulte mich im Nacken, dort, wo ich selbst nicht hinkomme. Ein Grund mehr, sich Menschen zu halten; Finger sind einfach geeigneter zum Kraulen und Zecken finden als Krallen. Ich leckte ihr zum Dank die Hand ab, die leider nach Rauch schmeckte, also ließ ich es gleich wieder.

»Süß«, sagte sie. »Wenn Sie mich noch brauchen ...«

Lukas nickte. Wir bringen Sie nach draußen, am Empfang vorbei. Wir benötigen jetzt ebenfalls etwas frische Luft.«

»Siehst du, Kleiner«, sagte er zu mir, als das Weibchen im Entenpark verschwunden war. »Damit hätten wir den Schurken. Und den Fall vom Flammenkiller haben wir gleich mit aufgeklärt. Was für ein Tag.«

»Wow!«, rief ich laut. Und damit war fast alles gesagt.

Nur eine Angelegenheit war noch zu klären; ich hatte im Park etwas gehört.

Ich sah zu meinem Angestellten; der wollte nirgendwo hin, sah dem Weibchen verträumt hinterher und hatte sich nicht bei mir angeleint.

Wo bist du, Leonie?, hatte ich weiter hinten im

Schlosspark gehört. Du kannst doch nicht einfach weglaufen!

Ich sah Lukas an; er blickte zufrieden zurück. Die Bahn war frei, und ich lief los.

»Halt, Jackie, wo läufst du denn hin?«, rief er mir hinterher.

»Ach, ist ja egal, hast du dir ja verdient«, hörte ich noch, als ich um die Ecke rannte und Leonies schon erfreut winseln hörte.

So war es insgesamt ein äußerst erfolgreicher Tag geworden.

*

Dass Adrian Holzner schon am folgenden Tag im Untersuchungsgefängnis in Meppen auf mysteriöse Weise tot aufgefunden wurde, erfuhren wir am nächsten Morgen. Lukas fuhr mit mir hin, wir wollten uns das ansehen.

Holzner hatte ein Handtuch um den Hals, das um die Heizung gedreht worden war; er hatte keine Luft mehr bekommen.

Selbstmord, sagten die Menschen, die im Zwinger arbeiteten.

Lukas und ich sahen uns vielsagend an.

ENDE

Nick Stein

In der Lukas-Jansen-Reihe bisher erschienen:

1. ADLERKILLER
2. BIENENKILLER
3. NORDSEEKILLER
4. INSELKILLER
5. STURMKILLER
6. URLAUBSKILLER
7. FLAMMENKILLER
8. WER WIND ERNTET (TURBINENKILLER)